비스킷

2

프롤로그

세상에는 자신을 지키는 힘을 잃어 눈에 잘 보이지 않게 된 사람들이 있다. 여러 가지 이유로 존재감이 사라지며 모두에게서 소외된 사람.

우리는 그들을 '비스킷'이라고 부른다.

구운 과자인 비스킷처럼 마음이 쉽게 부서지는 그들이 세상에 제 모습을 드러낸 여름 방학이 벌써 끝났다. 고등학교 첫 여름 방학은 한마디로 엉망진창이었다. 회원이를 구해 낸 뒤부터 우리 팀은 제각각 방학을 망쳤다. 이유는? 세상의 관심이 커진 탓이다.

내 예상과 달리 어딜 가든 우리를 알아볼 정도가 되자 김효진은 잠깐 우쭐하긴 했다. 인터넷에서 '걸 크러시'라는 별명으로 불리고,

길거리에서 시민들이 사진 찍자고 모여들면 우주가 자신을 중심으로 돌아간다고 착각하기 쉽다. 그 짜릿함이 오래가지 않는다는 게 문제지만. 관심은 이내 참견이 되고 무수한 오해까지 불러온다는 진리를 효진이는 유명세를 치르고 나서 깨달았다. 우리 중 유일하게 인스타그램을 하던 효진이는 외모 지적이나 잘난 척 말라는 비난이 가득 담긴 DM 폭탄을 맞고서야 계정을 비공개로 전환했다.

'흑기사'라는 별명을 얻은 류덕환은 어떻게 핸드폰 번호를 알았는지 하트가 찍힌 메시지를 받곤 했지만, 그러든 말든 인강을 파고들고 영어 학원을 오가며 흔들림 없는 나날을 보냈다. 어쩌다 평정심을 잃었을 때는 늘 옆에 창성이 형이 있었다. 창성이 형이 '비스킷 굿즈', 그러니까 우리 얼굴이 떡하니 박힌 배지와 부채를 팔겠다며 샘플까지 만들어 내놨을 때가 절정이었다. 창성이 형이라면 치를 떠는 덕환이가 초상권 사용에 강력하게 반대하면서 형이 야심 차게 계획한 사업은 시작도 하기 전에 무산됐다. 여름 내내 덕환이와 창성이 형은 살벌한 신경전을 치렀다.

나는 어떻게 여름 방학을 망쳤냐고? 좀 억울하다고 해야 할까. 비스킷은 사기라면서 다짜고짜 시비 거는 황당한 아이들, 비스킷 찾는 방법을 알려 달라며 쫓아오는 무례한 아이들에게 시달렸기 때문이다. 희원이를 구하고, 지안이와 더 가까워지면서 잔잔한 고요함이 자리 잡아 가던 내 세계가 하루아침에 소음 지옥으로 전락하며 세상이 시도 때도 없이 납작해졌다. 그야말로 개판이었다.

그나마 다행인 건 병원 탈출 소동 이후로 돌팔이 영감의 병원에서 벗어났다는 점이다. 비스킷이 세상에 노출된 뒤로 비스킷의 진위에 대해서는 여전히 갑론을박 중이지만 우리 가족은 믿을 수 없게도 나를 믿어 주는 쪽을 선택했다. 뭐, 주치의 영감이 돌팔이라고 소문나 망하기 직전이라는 영향도 있을 테지만.

돌팔이 원장은 한결같이 비스킷을 인정하지 않고 있다. 아마도 인정하는 순간 그간 쌓아 온 경력이 무너질 거라고 생각하는 모양이다. 어른들은 잘못을 인정하는 반성만이 사태를 정상화하는 근본적인 해결책이라며 우리에게 훈계를 늘어놓곤 한다. 하지만 정작 본인들은 그런 순간이 닥치면 발뺌하느라 바쁘다. 정말 한심하기 그지없다.

아무튼 병원을 바꾸는 사이에 짧은 방학이 끝나고 개학을 맞았다. 개학과 동시에 아주 피곤한 상황에 휘말리며 내 인생은 상당히 곤란해졌다. 지금 그 일을 다 풀어놓으려면 화병으로 이 자리에서 드러누울 수도 있으니 심호흡부터 하고 말하겠다.

먼저 이번 사건의 원인을 밝혀 두자면 존재감 없는 아이는 비스킷이 될 만하고, 비스킷이 되든지 말든지 무슨 상관이냐고 당당하게 떠벌리는 독버섯 같은 존재. 그들이 문제다. 사실 이런 놈들은 세상 어디에나 있기 마련이라 반마다 비스킷 1단계인 아이들이 몇 명쯤 있는 것은 어쩔 수 없는 일이라고 여겼다.

그게 내 실수다. 많은 비스킷이 변하듯 그 아이도 언젠가는 소외된 감정에서 벗어날 수 있을 거라고 안일하게 판단했으니까. 변한 건 그 아이의 비스킷 단계가 아니라 벼랑으로 내몰린 절박한 상황이었다. 그 아이에게 탈출구가 없다는 사실을 알아차렸을 땐 이미 비스킷 3단계가 되어 버린 뒤였다. 게다가 세상에서 완전히 사라져야겠다고 마음먹은 아주 위험한 상태였다.

아무리 귀를 기울여 봐도 그 아이의 소리는 들리지 않는다. 샅샅이 뒤져 보았으나 그 아이의 흔적을 찾을 수가 없다. 그렇다고 이대로 포기할 수 없기에 그 아이를 알아챈 개학 날부터 차근차근 돌아보며 꼬여 버린 사건의 실마리를 찾아보려고 한다.

물론 무턱대고 내 잘못을 덮을 생각은 없다. 필요하다면 전부 까발릴 생각이다. 부스러기마저 흩날려 사라지기 전에, 기억을 되짚으며 비스킷을 구해 낼 힌트를 어떻게든 얻을 것이다.

소외된 그 아이, 비스킷을 나는 반드시 구할 것이다.

1

시끌시끌한 소리

돌팔이 영감 병원으로도, 미국 동부 어딘가로도 떠나지 않은 내가 방학이 끝나면 가야 할 곳은 어디일까. 빙고. 당연히 학교다. 오랜만에 간 학교는 낯설고도 익숙했다. 정신이 없으면서도 따분한 기분이 드는 곳. 그래도 1학기 때와 달라진 일이 무려 세 가지나 있었는데, 그중 첫 번째는 등교하자마자 일어났다. 우리 팀이 교장실로 모조리 불려 간 것이다.

교장 선생님의 길고 긴 훈화를 그대로 옮기고 싶진 않고, 대강 한 문장으로 요약하자면 이렇다. TV에 나왔다고 뻐기지 말고 얌전히 생활하라는 경고의 말씀. 내가 하품하지 않은 건 효진이가 나보다 먼저 하품했다가 교장 선생님의 눈총을 있는 대로 받은 덕이다.

교장실로 불려 간 탓을 서로에게 돌리며 각자 교실로 들어가자 두 번째로 기이한 일이 벌어졌다. 연예인이라도 온 듯 "우아아!" 하는 환성이 쏟아진 것이다. 효진이와 덕환이 반에서 차례로 함성이 터지지 않았다면, 미리 마음을 다잡지 못해 반 아이들 앞에서 귀를 틀어막는 꼴사나운 모습을 보이고 말았을 거다.

다른 반에 질 수 없다는 듯 냅다 환성을 내지른 뒤 반 아이들이 내 책상을 둘러쌌다. 그러고는 저마다 일방적으로 하고 싶은 말들을 쏟아 냈다. 뉴스에서 봤다, 말 잘하더라, 너는 화면이 더 낫다, 비스킷이 진짜 있냐, 학교에서도 비스킷이 보이냐 등등. 길 가다가 행인들에게도 불쑥불쑥 들었던 질문이라 대답은 눈 감고도 할 수 있지만 일부러 안 했다. 왜냐고? 나는 앵무새가 아니니까. 화면이 낫다는 말에도 동의하지 못하겠고. 대답 대신 관심을 돌릴 겸 집에서 하던 루틴대로 텀블러에 든 모닝커피를 마셨다.

내 행동이 아이들에게는 자신들을 투명 인간 취급하는 것으로 느껴졌던 모양이다. 이내 내 태도를 지적하며 수군대는 목소리가 여기저기서 들려온 걸 보니.

"뭐냐? 방송 타더니 거만해졌네."

방송에 나왔다고 달라진 게 아니다. 나는 원래 이런 사람이다. 다들 세상이 자기 위주로 돌아간다고 생각하니 멋대로 질문해 놓고 원하는 반응을 얻지 못하면 공격부터 하고 본다. 뭐, 상관없다. 나 역시 누구에게도 뒤지지 않을 만큼 자기중심적인 성격이라 이해 못 하는 바도 아니다.

그래도 예외적으로 한 가지 질문에는 대답해 줄까 살짝 고민했다.

우리 반에도 비스킷이 있다고.

스스로 고립을 자처하며 눈에 띄지 않으려고 노력하는 몇몇이 얼핏 눈에 들어왔다. 윤곽이 선명하지 않은 아이들 가운데는 앞서 말한 3단계가 된 비스킷, 이선동도 있었다. 개학 첫날 선동이는 비스킷 1단계였다. 아이들과 어울리지 않을망정 이때까지는 극단적인 생각을 하지 않았다는 뜻이다.

1학기 초에 선동이는 나름 밝았던 걸로 어렴풋하게 기억한다. 그런데 2학기에 접어든 그때는 위축된 채 눈치를 보고 있었다. 그 모습이 크게 이상하지는 않았다. 이미 반에는 존재감이 반으로 쪼개진 비스킷 1단계인 아이들이 여러 명 있었으니까. 뉴스에서도 여러 번 말했지만 자신을 인정하는 마음은 만나는 사람이나 벌어지는 일에 따라 수시로 변하곤 한다. 그러면서 누구나 비스킷이 될 수 있다. 가족이나 친구 혹은 사회의 작은 관심으로 자존감이 살아나는 경우도 생각보다 많다. 그러니 비스킷에서 탈출할 가능성은 얼마든지 있고, 내가 당장 나서서 그들을 지켜 낼 필요는 없다고 여겼다. 무엇보다 비스킷이라는 존재를 도울 수 있는 방법이 꽤 알려졌으니, 벗어날 가능성도 훨씬 높아졌을 거라고 생각했다. 멍청하게도 그때는 그런 착각을 하고 있었다.

"야, 성제성! 유튜브 스타가 웬일로 학교에 다 나왔대."

쩌렁쩌렁한 목소리를 내며 종기가 앞문으로 들어섰다. 귀를 막고 싶어서 순간적으로 이어폰을 만지작거렸을 정도다. 진종기는 마치 내 오랜 친구처럼, 무척이나 반가워하며 나에게 다가왔다.

진종기와 어울리고 싶어 하는 아이들이 꽤 있다. 전교 석차 5위 안에 들고 반 분위기를 이끄는 리더 타입이라 발언권이 세 보여서 그런 듯하다. 그러나 내 눈에 진종기는 독버섯 같은 존재이다. 뿌리 깊이 박혀서 또렷하게 존재감을 드러내며, 만만한 아이들을 괴롭혀 비스킷으로 만드는 위험한 존재. 내가 예전처럼 비스킷을 괴롭히는 대상에게 복수하려 했다면, 진종기는 복수 명단 제일 위에 자리 잡을 것이다.

그런 사실을 알고 있었으면서 왜 1학기 때 진종기에게 복수하지 않았냐고? 그때는 돌팔이 영감 병원에 들락거리느라 학교생활에 신경 쓸 겨를이 없었다……고 하면 거짓말이다. 솔직히 말하자면 비스킷이 어쩌고 하면서 나서기가 부담된 탓이다. 엄마가 애써 만들어 놓은 엄친아 이미지를 망칠 수는 없었다. 정신 치료 센터에 들락댄다는 비밀을 들키고 싶지 않아 학교에서는 꽤 몸을 사렸다. 흠…….
말하고 보니 굉장히 비겁해 보이지만, 아무튼 그랬다.

"야, 비스킷 영상 조회 수가 정확히 몇이라고?"

종기가 늘 자신의 곁을 지키는 패거리 가운데 한 명에게 물었다.
1학기 때와 달리 멤버가 한두 명 바뀐 듯했다. 그러거나 말거나 내
알 바는 아니다.

나는 종기와 그 패거리를 내 마음대로 '진종기와 꼴통들'이라고
부르곤 했다. 꼴통 1이 앞자리에 앉은 아이를 빤히 쳐다보며 고개를
까딱했다. 아이는 허둥대며 핸드폰을 조작했다. 그사이 종기 패거리
는 뭐가 그리 재미있는지 낄낄대며 내 주변 아이들의 책상에 털썩
걸터앉았다. 영상을 찾은 아이가 조회 수를 알려 주자 종기가 휘파
람을 불었다.

"대박. 비스킷 영상이 세계 1위 찍었다며? 성제성, 이제 완전 글로
벌 클래스네. 안 그러냐?"

종기는 그렇게 말하면서 내 앞자리 아이의 등을 자연스럽게 밀었
다. 힘이 실린 손짓에 아이는 자리에서 물러났다. 종기는 책상에 엉
덩이를 걸치곤 의자 등받이를 두 발로 밀었다가 말았다가 했다.

"인터뷰 보니까 넌 비스킷을 소리로 듣고, 1반 김효진은 냄새로
알고, 3반 류덕환은 눈으로 볼 수 있다던데. 사람마다 비스킷 찾는

비법이 따로 있는 거냐?"

의자가 넘어갔다가 다시 바닥에 부딪치는 반복적인 소리가 거슬린다. 신경이 잔뜩 곤두서서 어떻게든 다른 곳에 집중해 보려고 시선을 종기의 눈으로 옮겼다. 거만한 자신감으로 가득 찬 눈빛 속에 야비함까지 비치는 것 같아 내 표정은 저절로 서늘하게 변했다.

"비법 같은 거 없어."

"그냥 보인다는 거네. 사실 내가 눈이 엄청 좋아. 게임할 때도 적을 보는 족족 죄다 쏴 죽여. 끝내주는 스나이퍼거든. 그러니까 마음만 먹으면 비스킷 같은 건 금방 찾아낼 수 있지 않겠어? 번화가 쪽에 아지트가 있다던데, 오늘 다 같이 아지트 가서 배달이나 시켜 먹자. 비스킷 찾을 계획도 짤 겸."

이런 유형의 아이들은 왜 이렇게 넉살이 좋을까. 자신이 말을 걸어 주면 누구든 황송해할 거라고 생각하는 걸까. 이래서 자기애가 넘치는 성향이 문제라는 말을 듣는 거다. 다른 사람이 어떤 기분이든 상관없이 자기 기분대로 구니까. 아무 때나 친한 척 구는 것에 알레르기가 있는 나는 정색하며 물었다.

"네가 왜 아지트에 가는데?"

의자 넘어가는 소리가 드디어 그쳤다. 아울러 종기의 표정에도 웃음기가 사라졌다.

"뭐?"

"네가 아지트에 가고 싶은 이유는 비스킷 때문이 아니잖아. 나랑 친구들이 유명해지니까 너도 끼고 싶어서 그런 거 아니야? 너도 덩달아 뜨려고. 근데 난 이용당할 생각이 없거든. 그러니까 네가 뭘 제안하든 미리 거절할게."

여사님에게 조언을 들은 뒤로 복수에 대한 생각이 바뀌었다. 이제는 비스킷을 괴롭힌다는 이유로 가해자들에게 복수하지 않겠다고 다짐했다. 나는 다른 방식으로 비스킷을 도울 계획이다. 그러니 종기와 대립하며 굳이 각을 세울 필요는 없다. 하지만 면전에 대고 정확한 사실을 말하고 싶은 충동까지 억누르기는 힘들었다.

잠시 멈칫한 종기는 피식 웃더니 갑자기 "웃긴 새끼네."라며 혀를 찼다. 교실 분위기는 순식간에 얼어붙었다. 혀를 차는 것만으로 분위기를 좌지우지할 수 있다는 점이 인상적이었다. 무지 나쁜 의미로.

"뜨고 싶어서 그딴 거지 같은 구라를 깐 주제에 사람 폄훼까지 하네. 내가 너 따위를 이용해서 유명해지고 싶은 것처럼 보여? 이 진종기가? 정신 병원에 갇혀 있던 반 친구가 불쌍해서 어울려 주려고 했던 것 같지는 않고?"

그간 돌팔이 영감 병원에서 갈고닦은 나의 반항심이 바짝 고개를 들려고 했으나 가까스로 가라앉혔다. 방방 날뛰어서 무언가를 얻어 내려는 대응은 무개념 어른들에게만 효과가 있다. 또래 사이에서는 되도록 무게감을 갖추고 논점을 흐리지 않아야 원하는 바를 얻을 수 있다.

"비스킷은 확실히 존재해. 네가 본 적 없다는 이유로 구라라고 치부하면 비스킷한테는 실례지."

"애초에 사람이 어떻게 눈에 안 보일 수 있어? 뻔하지. 거기 있던 놈들이 다 같이 짜고 친 사기겠지."

나왔네, 사기 타령. 비스킷 영상이 공개되고 나서 AI 편집 기술로 만든 조작이라더라, 영화 스태프가 돈 받고 작업해 줬다더라, 빛의 각도 때문에 순간적으로 사람이 안 보인 거라더라 등등 다 꼽을 수도 없을 만큼 많은 억측이 난무했다. 직접 본 게 아니면 믿지 않겠다는 이들은 무슨 말을 해도 트집만 잡는다. 비스킷의 존재를 밝히려고 그동안 숨겨 왔던 내 병을 방송에서 까발리기까지 했건만. 모든 것을 건 용기도 그걸 거부하는 사람에게는 결코 닿지 않는다.

진실을 전하는 일이 얼마나 부질없는지 잘 알고 있지만 미운 놈 떡 하나 더 준다는 심정으로 다시 도전해 봤다.

"비스킷은 마음에 상처를 입으면 생기는 현상이야. 마음이 쪼개지고, 조각나고, 부서지면서 점점 눈에 보이지 않는 존재가 되는 거지. 너도 따돌림을 받거나 무시당하면 언제든 비스킷이 될 수 있어.”

“누가, 내가? 무시당한다고? 따돌림을 받아?”

종기는 어이없어하면서 진심으로 웃었다. 살면서 이렇게 우스운 얘기는 처음 듣는다는 듯이.

“말할수록 얄팍한 인격이 잘 드러나네. 그것도 재주다.”

내 빈정거림에 종기가 싸늘한 눈빛으로 날 노려봤다. 그러고는 아무런 경고 없이 잇새로 침을 뱉어 냈다. 침은 정확하게 내 책상 중앙에 떨어졌다. 까먹고 있었다. 진종기 같은 부류는 보노보처럼 힘으로 찍어 누르는 타입이 아니라 큰 문제로 번지지 않는 선에서 교묘하고 치졸하게 사람을 괴롭히는 게 특기라는 사실을.

“야, 정신병자! 지금 조회 수 좀 나온다고 네가 뭐라도 된 거 같겠지만, 넌 아무것도 아니야. 눈속임으로 나대는 새끼가 내 앞에서 인격을 논해? 인격은 말이지, 힘이랑 돈에서 나오는 거야. 가벼운 주둥이에서 나오는 게 아니고.”

진종기네 할아버지에 이어 아버지까지 국회 의원이라는 사실은 학교로 날아드는 새들도 알았다. 자연스럽게 진종기는 건드리면 안 되는 애라는 단단한 울타리가 생겼다. 참 난감한 놈이다. 집안의 권력을 자신의 위력이라고 착각하고 있으니 말이다.

“성적은 전교에서 논다던데, 국어는 잘 못하나 봐. 인격의 다른 말은 인품, 인간성이거든. 격을 높이고 싶으면 이번 기회에 네가 짓밟은 애들이 어떤 마음으로 지내는지 한번 살펴보지 그래? 그런 수고도 안 들이고 비스킷이 눈속임이네 어쩌네 하지 말고."

"짓밟았다는 증거 있어? 그것도 다 환청으로 들리나 봐?"

소리에 관한 병을 동시에 세 개나 앓아 보지도 않았으면서 함부로 판단하면 곤란하다. 소리 강박증, 청각 과민증, 소리 공포증에 갇혀 지내는 인생이 얼마나 괴로운데. 그 병들을 떠넘길 수 없는 현실이 분해서 복수하고 싶다는 마음이 슬그머니 일어나려고 했다. 개학날부터 사고 치면 안 된다고 말리는 내면의 분투도 알아보지 못한 채, 종기가 히죽 웃으며 계속 주절댔다.

"비스킷 권위자인 성제성 님은 내가 비스킷이 될 수 있다고 본단 말이지? 전문가다운 안목이 맞나 의심이 드네. 우리 반 애들도 보고 싶을 것 같은데, 누가 먼저 비스킷이 되나 내기할래?"

나의 평정심은 이때 이미 박살 나 있었나 보다. 이렇게 덥석 대답한 걸 보면.

"뭘 걸고?"

"자퇴. 지는 놈이 미련 없이 떠나는 거지."

"좋아."

"다들 잘 들었지? 내기는 공정해야지. 이제 와서 갑자기 성제성이랑 친한 척 굴면 반칙으로 간주할 거다. 비스킷 구경하게 다들 협조 좀 하자, 알겠지?"

그렇게 세 번째 이변이 일어났다. 이제껏 따돌림이라곤 당해 본 적 없던 내가 갑자기 악의를 맞닥뜨린 것이다. 진종기는 내 예측보다 영향력이 컸던 모양이다. 그로부터 단 며칠 만에 나는 학교에서 거짓말쟁이이자 관심 병자로 낙인찍히고 말았다. 종기는 직접 움직이지 않았다. 꼴통들이 대신 내 모함을 하거나 아이들에게 눈을 부라리며 따돌리도록 압박했다.

인생을 넓게 펼쳐 놓고 봤을 때 자퇴가 그렇게 큰일은 아니다. 이 학교를 떠나면 다른 학교로 전학 가도 되고, 엄마가 늘 말하던 미국 동부 어딘가로 유학 가도 되고, 검정고시를 봐도 되니까. 억울하다고 해명하는 것도 통하지 않을 테니 뒤에서 뭐라고 지껄이든 딱히 상관하지 않으려고 했다. 정말 그랬다. 하지만 소문은 한층 심해져서 급기야 효진이가 날 걱정하는 지경에 이르렀다.

"제성스, 요즘에 애들이 네 얘기밖에 안 해. 너 완전히 구라 대마왕 됐던데."

아직 비밀이지만 사실 나는 진종기 패거리에게 넋 놓고 당하고만 있지는 않았다. 가시밭 중간에 던져졌다면 가시를 뽑아 그놈들 엉덩이에 꽂는 기개라도 보여 줄 필요가 있다. 덕환이 친구답게 브레인인 나는 꼴통들이 날 건드릴 때마다 노트에 정황을 세세히 적었다. 언어폭력이 난무하면 몰래 녹취도 했다. 종기가 친절하게 흘려 준 대로 학교 폭력 증거를 모은 거다. 놈들을 한 방에 KO 시킬 계획이 뒤에서 차근차근 진행되고 있었다.

"진종기는 애들 급을 나누고 약해 보이는 쪽만 골라서 괴롭히잖아. 애들이 제성이를 주목하니 부하들을 동원하는 건데, 이것도 지나치면 학폭으로 신고당한다는 걸 누구보다 걔가 잘 알거든. 더욱이 제성이네는 변호사를 얼마든지 선임할 수 있을 만큼 여유 있으니까, 내기는 곧 흐지부지 끝나지 않을까 싶네."

덕환이 말처럼 과연 진종기가 몸을 사리며 끝날까. 내기를 걸 때 종기에게서 들려오던 숨소리에는 비뚤어진 기대가 잔뜩 담겨 있었다. '이번에는 어떤 방법으로 이 자식을 정복할까?' 하는. 마치 게임처럼 저격 총을 든 채 벽 뒤에 숨어 내가 등을 보이기만을 기다리고 있는 듯했다.

"제성스, 그렇게 구박만 받더니 드디어 아버지의 뒷배를 등에 업는 것인가."

사실 아버지 뒷배는 이미 지난 문어 사건 때 변호사를 부르면서 이용했다. 그런 면에서 나도 종기를 욕할 처지는 못 되지만, 이건 보상 개념에 더 가깝다. 소리와 관련된 모든 병이 바로 아버지 때문에 생겨난 거니까.

내 기억으로 첫 발병은 따뜻한 봄날 주말, 아버지와 예정에 없던 외출을 하고 난 뒤였다. 나에게 아버지라는 존재의 의미는 그날의 일요일 이전과 이후로 달라졌다. 그전에 아버지는 그저 집에 가끔 들르는 아저씨에 불과했다. 그도 그럴 것이 아버지는 야근으로 늦게 들어오거나, 술을 마시고 더 늦게 들어오거나, 아니면 아예 집에 들어오지 않았기 때문이다. 어렸을 땐 우리 집에 들락거리는 남자가 도대체 누구인지 궁금했을 정도다.

어느 날 새벽, 인기척에 잠이 깬 나에게 엄마는 눈이 퀭하게 들어간 저 남자가 아빠라고 알려 주었다.

아빠.

어감이 생경했다.

공교롭게도 그 일요일에 아파트 화단 공사가 없었다면. 그랬다면 지금 우리 부자는 서먹하긴 해도 이 정도면 충분한 사이라고 자위하며 살아가고 있을지도 모른다. 어쩌면 온통 일에 몰두하는 아버지의 모습이 존경스러웠을지도 모르고.

난폭한 소음이 눈에 밟히는 모든 상황을 짜증스럽게 탈바꿈시키는 순간이 있다. 땅을 갈아엎는 소리에 극도로 예민해진 엄마가 막

걷어 낸 빨래를 내던졌다. 그러고는 침대에서 뒹굴뒹굴하는 아버지에게 잔소리를 퍼부었다.

"애는 나만 키워? 제성이 좀 봐. 아빠가 놀아 주질 않으니 TV에만 매달려 있잖아. 재한테는 아빠가 필요해. 내 말 듣고 있어? 듣고 있냐고!"

이제 와 돌이켜 보면 엄마는 침대에서 절대 일어나지 않는 아버지가 꼴 보기 싫었던 것 같다. 그날 하루치가 아니라 그동안 적금 붓듯이 가슴에 차곡차곡 쌓아 둔 불만이 소음으로 인해 폭발한 것이다.

물론 그건 지금에 와서 드는 추측일 뿐, 그때 나는 얌전히 애니메이션을 보다가 엄마의 잔소리에 떠밀려 느닷없이 아버지 손을 잡고 집을 나서게 된 것이 억울하기만 했다. 이럴 줄 알았으면 볼륨이나 실컷 키워서 볼걸.

달리 갈 곳도 없었다. 하지만 시끄러운 공사 소음을 피할 겸 아버지와 드라이브에 나섰다. 계획 없이 무작정 나선 것치곤 의외로 드라이브는 순조로웠다. 맑은 날씨를 즐겨 보라는 듯 도로마저 막히지 않았다. 아버지는 라디오에서 흘러나오는 노래를 흥얼흥얼 따라 부르기까지 했다. 배가 고픈지 묻기에 가까운 패스트푸드 매장을 세심하게 가르쳐 줬다.

잘못될 일은 하나도 없었다. 스포츠카가 아버지의 차 앞으로 과격하게 끼어들기 전까지는. 브레이크를 급하게 잡는 바람에 상체가 쏠리며 안전띠가 가슴을 압박해 왔다. 가슴팍에 전해진 충격이 가시기도 전에 브레이크에서 발을 뗀 아버지가 액셀을 힘껏 밟았다. 이번엔 몸이 뒤로 젖혀졌다. 순간 이동이라도 하는 것만 같았다. 아버지는 앞차들을 재빠르게 제치고 나아갔다. 동시에 스포츠카에게 쫓고 있다고 알리기라도 하듯 미친 듯이 경적을 울리기 시작했다.

빵! 빵! 빠아앙! 빠아아아앙!

경적에 아랑곳하지 않고 스포츠카는 우리 앞에서 속도를 줄였다 말았다 하며 아버지를 도발했다. 약이 바짝 오른 아버지가 갑자기 운전대를 확 꺾어 급히 차선을 변경하더니 스포츠카 옆으로 붙었다. 두 차 모두 차창을 내렸다. 스포츠카 운전자는 젊은 남자였다. 운전 똑바로 하라는 아버지의 삿대질에 그 사람은 태연히 가운뎃손가락을 들어 보였다. 아버지 얼굴이 굳어지며 달아올랐다.

아버지는 차선을 바꿔 가며 끼어들기를 시도했지만 스포츠카도 호락호락하게 자리를 내주지 않았다. 앞서거니 뒤서거니 아슬아슬한 경주를 하듯이 곡예 운전을 하는 두 차가 도로를 점령했다. 나는 식은땀을 흘리며 안전띠를 꽉 쥐었다. 머릿속에서는 빠르게 달리던 자동차가 어딘가에 부딪쳐 뒤집히는 애니메이션 장면이 반복해서 재생되었다.

'제발! 그만. 무서워!'

뺨을 타고 흐른 눈물이 턱끝으로 떨어지는데도 입도 벙긋 못 하고 있던 나와 달리, 아버지는 긴장이 고조될수록 오히려 말문이 터졌다.

"내가 당할 것 같냐. 내가 어떤 사람인데! 날 깔보면 어떻게 되는지 보여 주지. 암, 보여 주고말고. 비켜! 야잇! 거기 서라고! 저 자식을 씹어……."

아버지가 경적을 울리자 스포츠카도 질세라 맞받아쳤다. 위협적인 두 자동차 때문에 성이 난 다른 자동차들까지 합세하며 그야말로 도로가 소리의 무법천지로 변해 버렸다. 경적이 울릴 때마다 배가 따끔거렸다.

패스트푸드 매장은 진작에 지나쳐 버렸다. 스포츠카를 따라 무작정 한강 대교를 넘고 도로를 누비던 질주는 거짓말처럼 단박에 끝났다. 얄궂게도 차단기가 설치된 고급 아파트 단지로 스포츠카가 휙 들어섰기 때문이다. 앞차를 쫓아가야 한다는 다급한 외침만으로는 방문 세대가 어디냐고 묻는 경비원을 설득할 수가 없었다.

차단기는 열리지 않았다. 분노를 실어 길게 경적을 울린 아버지가 후진하는 동안, 나는 창백해진 얼굴로 축축하게 젖은 바지를 부여잡고 있었다. 아버지가 나를 못마땅하게 쳐다보던 눈빛이 아직도 기억에 선하다.

아버지는 괜찮으냐고 한 번도 묻지 않고 집 앞 길가에 나를 내려주었다. 세차하고 갈 테니 먼저 들어가라고 툭 던지곤 매연을 내뿜으며 세차장으로 향했다.

길가에 서 있는데 갑자기 세상의 모든 소리가 들려왔다. 거의 습격 수준으로 한꺼번에 덮쳐 오는 소음 때문에 숨이 잘 쉬어지지 않았다. 이러다 까무룩 기절하겠다 싶어 일단 주저앉아 몸을 웅크렸다.

"얘야! 괜찮니?"

고개를 들자 다섯 살 인생에서 이전까지 본 적 없는 색 바랜 사람이 눈에 들어왔다. 나보다 더 아파 보이는 사람에게 도움받을 수는 없다고 판단해 고개를 다시 수그렸다. 젖은 바지도 신경 쓰였다. 그만 가 버렸으면 하는 마음과 날 버려두지 않길 바라는 마음이 공존하던 그때, 그 사람이 날 번쩍 안아 올렸다. 젖은 바지의 감촉은 아랑곳하지 않았다. 아니, 오히려 큰 손으로 오줌 싼 자국을 가리며 집 앞까지 데려다주었다. 아파트 로비로 비틀대며 들어가다 뒤돌아보니 손을 흔드는 그 사람의 몸이 조금 전보다 선명해 보였다. 내 인생에서 처음으로 만난 비스킷이었다.

그날 무사히 집으로 돌아온 나는 진짜로 기절했다. 며칠을 앓아누운 뒤에 미세한 소리의 압박이 시작되며 본격적으로 병이 발현되었다. 돌팔이 영감은 드라이브에서 받은 스트레스가 신경계에 부담을 일으킨 거라고 진단했다. 그러니 이 모든 병의 원흉은 아버지인 셈이다.

"우리 집안은 내가 알아서 컨트롤할 테니까 넌 비스킷 테스트나 관둬."

아기 냄새를 맡으며 희원이를 찾는 데 작은 도움을 준 효진이는 그 뒤로 겸손을 내던져 버렸다. 비스킷의 존재감을 기필코 키워 주겠다며 DM으로 비스킷 의뢰를 받기 시작한 것이다. 아무래도 효진이 집안에는 SNS를 못 해서 죽은 귀신이 붙어 있는 것 같다. 창성이 형은 유튜브에, 효진이는 인스타그램에 목숨 걸듯이 매달리는 걸보면.

짧은 사연만으로는 비스킷인지 확인할 수 없으니 DM 차단을 권했으나 효진이의 오지랖은 오히려 폭주했다. 사명감을 들먹이며 날 꼬드기고 협박하는가 하면, 다른 일이 생긴 척 불러내서 억지로 의뢰 장소로 끌고 가기도 했다. 김효진에게 헤드록을 걸고 싶은 마음을 꾹꾹 눌러 참으며 견딘 눈물 나는 고생담은 군이 적지 않겠다.

고생시켰으면 잘하기나 하든가. 나의 못난 어린이집 동창은 여전히 바로 눈앞에 있는 1단계 비스킷조차 잘 알아보지 못했다. 내가 의뢰인에게 인사를 건넨 뒤에야 형태를 인지할 정도니 말 다 했다. 설레발에 망신 마일리지만 적립한 DM 의뢰 건은 효진이가 계정을 비공개로 전환하며 다행히 끝을 맺었다.

그러나 개학 후 효진이는 틈만 나면 비스킷을 찾겠다고 다시 시동을 걸고 있다.

"나도 비스킷 찾을 수 있거든. 어디 보자."

급식 먹은 에너지를 운동장에 아낌없이 뿜어 내는 남자애들과 트랙을 걷는 여자애들 위로 오후의 햇살이 드리웠다. 무리에서 한 발짝 떨어져 걷는 여자아이의 몸이 전체적으로 희미하다. 저 아이도 비스킷 1단계군. 내 시선을 유심히 지켜보던 효진이가 손가락으로 여자아이 쪽을 가리켰다.

"저 애! 저 애가 비스킷이야."

눈치 하나는 빠르다만 낌새로 짐작했다는 사실을 알아챌 만한 분별력 정도는 나에게도 있다.

"무효야. 내 시선 끝에 걸린 거 보고 비스킷 찾은 척한 거잖아."

효진이는 억울한 표정을 지으면서 둔한 성제성으로 돌아오라며 내 어깨를 흔들어 댔고, 덕환이는 안경테를 추어올렸다.

"쟤 우리 반 앤데. 18번, 위인설."

앞서도 말했지만 비스킷 1단계는 학교 어디서나 볼 수 있다. 상태가 일시적인지 지속적인지가 다를 뿐이다. 일시적인 경우는 스스로 해결책을 구할 기회가 있다.

아지트로 데려가기 전에 얼마나 오랫동안 비스킷이었는지부터 파악하자고 제안했더니 김효진이 검지를 좌우로 흔들었다.

"아니, 아니야. 우리는 저 아이를 아지트로 당장 데려가야 해. 왜 냐고? 내가 재를 비스킷에서 벗어나게 해 줄 거니까."

허리에 손을 얹은 효진이가 자신만만해했다. 역시 내 말은 듣지도 않는다.

소곤거리는 소리

내가 보기에 비스킷이 세상에 노출된 후 가장 발 빠르게 움직인 사람은 효진이네 아버지다. 우리 팀이 유명세를 떨칠 거라고 직감한 아저씨는 스터디 카페에서 '비스킷 카페'로 간판을 후다닥 바꿔 달았다. 핸드 드립 커피와 베이커리를 팔고 포털 사이트에 지역 광고도 냈다.

효진이에게는 아르바이트 금지령이 내려졌다. 카페가 흥하는 것과는 별개로 소중한 딸이 손님들의 구경거리가 되는 상황은 참을 수 없다는 이유에서다. 가족애가 물씬 풍기는 설득에 감명받은 효진이는 바로 아르바이트를 그만뒀다. 진 스터디 룸 카페를 리모델링해 더 큰 사업체로 꾸려 가겠다는 효진이의 야심을 말 한마디로 꺾어 버리다니. 아저씨는 정말 진정한 사업가다.

아무튼 '비스킷 카페'에 우리 팀 아지트가 있다는 소문이 퍼지며 카페에는 손님들이 넘쳐 났다. 아저씨의 예상이 적중한 부분은 또 있다. 창성이 형이 카페 매니저로 승진해도 유튜버의 꿈을 놓지 못하리라는 것. 그 결과가 내 눈앞에 있다. 트레이닝복 차림으로 부스스한 머리를 긁적이며 평상에 앉는 형을 보아하니 오늘도 카페 근무를 하지 않은 모양이다.

"형! 궁금해서 그러는데 카페 매니저는 놀고먹는 직업인가요?"

외국인 단체 패키지 여행 필수 코스에 들어간 한정식 집을 운영한다는 창성이 형네는 효진이네만큼 부자란다. 유산 상속을 믿고 사는 놈이니 의절할 거 아니면 헛돈 쓰지 말라는 아저씨의 만류에도, 효진이 고모는 카페 투자 조건을 걸어 자기 아들을 매니저로 승진시켰다. 비스킷을 포착한 특종 영상 이후 제작한 콘텐츠에 수만 개씩 달리는 악플 세례를 더 두고 볼 수 없다는 이유로.

어머니들은 자식이 성공의 문턱에 발을 딛지는 못하더라도 추락하는 꼴만은 보지 않으려 한다. 그래서 가능성이 희박해 보여도 물심양면으로 지원하나 보다. 효진이 고모 또한 진정한 아들 바보다. 하지만 어머니의 밑 빠진 독은 물이 줄줄 새는 얼빠진 소리를 냈다.

"우리 동생이 들어오다 못 봤나 본데, 카페에 혜기 있어. 그거면 내가 노는 이유로 충분해."

바리스타인 혜기 누나는 창성이 형 대학 동기다. 원두를 추출하는 능력도 뛰어나고, 무엇보다 똑 부러지는 일 처리로 알바생들에게 숨은 실세로 인정받고 있다. 혜기 누나를 카페 멤버로 영입하는 안목을 발휘하지 않았더라면 창성이 형은 진작 카페에서 쫓겨났지 싶다.

"고모한테 걸려서 조만간 고모부 앞으로 끌려갈 듯."

효진이가 고개를 흔들고는 비스킷 카페 시그니처 메뉴인 머핀을 슬그머니 등 뒤로 감췄다. 창성이 형이 기습적으로 손을 뻗어 머핀 하나를 가로챘다. 뺏길세라 머핀을 통째로 한입에 우겨 넣곤 빵 쪼가리를 튀기며 징징거렸다.

"아휴, 몰라. 걸리면 걸리는 거지. 나는 그냥 유튜버 하고 싶은데 자꾸 카페를 관리하래."

"아직 철이 덜 들었어. 아빠 말대로 유산 상속에서 제외되어 봐야, 망했구나 하고 정신 차리지."

"어차피 잘 안되면 망하는 건 카페나 유튜버나 똑같거든. 망할 때 망하더라도 재미난 거 하다가 망하고 싶다."

유튜버로서 쓴맛만 보고 있는 지금 이미 망한 거 아니냐고 말해 줄까 하던 차에, 창성이 형이 평상에 다리를 뻗으며 호적수인 덕환이를 불렀다.

"어이! 넌 여전히 저 샘플에 대한 미안함은 없냐? 유튜브 광고 수익 다 쏟아부은 역작인데. 너희들 얼굴 보정하는 데 얼마 들었는지 나 알아?"

여름 내내 이어 온 창성이 형의 레퍼토리를 덕환이는 여유롭게 받아쳤다.

"오히려 절 은인으로 여겨야 할 텐데요. 굿즈 사업 시작했으면 지금 빚더미에 나앉았을걸요."

"저 인정머리 없는 배신자. 나는 엄마한테 맞아 죽어도 네가 우리 가문의 사위로 들어오는 것만은 절대적으로 반대할 거야."

효진이 고모는 안면을 튼 이후로 덕환이를 무작정 좋아했다. 예의 바르고, 공부도 잘하고, 잘생겼다고 편애하는 건 이해가 된다. 하지만 덕환이네가 대가족이라 혼자뿐인 효진이에게 잘된 일이라고 치켜세우는 말을 창성이 형은 싫어했다. 덕환이가 악담이 난무하는 싸움에 참전하기 전에, 효진이가 먼저 사촌 오빠 등짝을 세차게 후려쳤다.

"그만해."

"아! 왜! 뭐! 나는 그렇다고. 내 생각도 말 못 해? 류덕환, 넌 나의 하나뿐인 사촌 동생이랑 영영 못 이뤄질 거야. 내가 도시락 싸 들고 다니며 말릴 거거든."

효진이가 자리에서 일어나 다시 스윙 포즈를 취하자 창성이 형이 아지트 문을 향해 후다닥 달아났다.

창성이 형 때문에 부산스러워 잊을 뻔했는데, 지금 우리는 인설이를 기다리고 있다. 어제 비스킷 1단계인 인설이를 발견한 효진이가 아지트로 데려오겠다고 우긴 탓이다. 아지트에 데려올지 말지는 한 달 이상 지켜보다가 정한다는 나의 원칙은 완전히 묵살되었다.

그늘막에 옹기종기 둘러앉아 머핀을 나눴다. 머핀 향이 고소했다. 자연스럽게 창성이 형이 난입하기 전에 하던 토론이 이어졌다.

희원이를 구출한 뒤로 우리의 가장 큰 관심사는 비스킷의 '냄새'다. 어째서 그동안 비스킷에게 냄새가 나지 않았던 건지, 아기 냄새가 일반적인 비스킷의 냄새인 건지 밝혀낼 필요가 있었다. 희원이의 소원을 들어주러 갈 때마다 효진이가 틈틈이 체취를 맡고 있는데, 그 뒤로 아기 냄새를 맡은 적이 없다는 게 난제였다.

"아까 말하다 말았지만 그때 희원이에게 나던 아기 냄새는 체취가 아니었어. 어떤 기운 같은 것처럼 느껴졌달까."

효진이가 머핀을 반이나 베어 물고는 우물거렸다. 덕환이가 효진이에게 물티슈를 내밀었다. 눈빛에는 입가에 묻은 빵 부스러기를 손수 닦아 주고 싶은 기색이 역력했다. 못마땅한 내 눈빛을 알아챈 덕환이가 내게도 물티슈를 건네며 웃었다.

"어쩌면 비스킷의 기분이나 감정에 따라 냄새가 날 수도 있겠네. 가령 희원이에게 풍겼던 아기 냄새는 보호받고 싶은 감정에서 배어난 거지. 마음에 밴 냄새가 맞다면, 우리가 지금껏 알고 있는 냄새 속성과는 다를 거야."

"일리는 있는데, 그럼 그때만 갑자기 효진이가 비스킷의 냄새를 맡은 이유도 고민해 봐야 할 듯. 마음에 밴 냄새라면 계속 맡았어야지. 한 번 맡은 이후로는 냄새도 못 맡고 비스킷도 잘 찾지 못하는 예전으로 돌아갔잖아."

"나도 매일 그 문제를 고민해 봤어. 그때 절박한 심정으로 열심히 킁킁대긴 했지만 특별한 건 없었단 말이지. 3단계가 되어 보이지 않는 희원이가 내 어릴 때 기억을 불러와서 그런가. 내 무의식 밑바탕에 아주…… 음, 잘 설명할 수 없는 굉장한 뭔가가 있었을지도…….어쩌면 그게 빌미가 돼서 그때 탁 하고 나타난 게 아닐지……."

효진이가 횡설수설하며 말끝을 흐렸다. 물어본 내 잘못이다. "명쾌한 설명 잘 들었다."라며 비꼬았더니 효진이가 내 몫으로 남긴 머핀을 가져가서 교복 주머니에 넣어 버렸다. 덕환이가 컨테이너에서 가지고 나온 노트북으로 이것저것 검색해 보는 동안 나는 대범하게도 덕환이 머핀에 손을 댔다.

"효진이가 핵심을 잘 짚은 것 같아. 말하자면 희원이를 통해 어릴 때 기억이 떠올랐다는 게 포인트지. 다섯 살 때 효진이도 세상에서 사라지기 직전 단계까지 경험했잖아. 그 경험이 효진이에게 어떤 영향을 미쳤던 거라고 분석할 수 있어. 내 추리는 이래. 효진이는 비스킷 3단계였을 때 특수한 능력을 갖게 됐고, 위험을 감지한 순간 그 능력이 나타났다고 봐."

'특수한 능력'이라는 말에 신난 효진이가 역시 브레인 덕 도령이라며 엄지손가락을 여러 번 추켜올렸다. 덕환이는 속도 없이 배시시 웃었다. 김효진 편을 들 줄 알았기에 이제 놀랍지도 않다. 나는 여느 때와 같이 달달한 분위기에 찬물을 끼얹었다.

"좀 단순하게 접근해도 되지 않을까. 효진이한테 마침내 냄새 맡는 능력이 생긴 것까지는 동의. 다만 그 능력이 안타깝게도 일회용이었던 거지. 더는 능력을 발휘할 수 없다는 데 한 표 던지겠어."

효진이가 웬일로 내 말에 고개를 크게 끄덕였다.

"날 견제하는 제성스의 마음은 이해해. 제성스는 청각을 제외하면 다른 감각이 둔하니까. 특히 운동 신경."

"덕환아, 지금 김효진이 내 감각을 지적한 거야? 내 예리한 청각이 없으면 비스킷을 찾을 수도 없으면서? 그동안 DM 의뢰로 끌려나간 정신적 보상을 청구하겠다고 전해 줄래?"

효진이는 머핀을 입에 문 채 내 불만을 못 들은 체했다. 자기 몫의 머핀이 사라진 사실을 깨달은 덕환이는 효진이 주머니가 불룩한 걸 보고 그냥 넘어갔다. 나는 여봐란듯이 덕환이의 머핀을 우걱우걱 씹었다. 남의 머핀이라 그런지 아까보다 더 맛있다고 생각하면서. 손가락을 물티슈로 닦으며 머핀 피해자가 설명을 이어 갔다.

"한 번으로 끝날 능력은 아닐 것 같고, 희원이처럼 목숨이 위협받는 급박함이 비스킷의 냄새를 맡는 열쇠가 아닐까 싶어. 위험한 순간에 자신이 여기 있다고 알려 주려는 무언의 외침이 냄새로 발현되는 거지. 즉, 그 이후로 극도로 위험에 처한 비스킷을 다시 만나지 못해서 효진이가 냄새를 맡지 못한 걸 거야."

덕환이의 추측처럼 비스킷이 말로 다 하지 못하는 구출 신호를 냄새로 알려 주는 거라면 그 순간에 효진이의 후각이 발동한 이유가 설명된다.

"냄새가 위험 상황에서 자신을 구출해 달라는 비스킷의 신호라면, 희원이의 아기 냄새도 설명이 되겠네. 아기 냄새는 맡기에 좋잖아. 만약 고약한 냄새가 났더라면 코부터 막으며 온몸으로 거부 의사를 표현하게 될 테니 가뜩이나 소외된 이들이 더 외면받을 거야."

"역시 내 코는 특별했던 거야. 차원이 다른 나의 능력으로 무언의 외침을 모조리 찾아내 주겠어."

효진이가 의기양양해하던 그때, 민감한 내 귀를 자극하는 소리가 살짝 들려왔다.

"잠깐만. 인설이 발소리 들린다. 음……. 멈췄는데. 문 열 용기가 없나 보네."

"뭐야. 제성스, 요즘 특훈해? 발소리로 감정을 읽네."

인설이가 발걸음을 멈춘 이유는 여러 가지일 수 있다. 옷매무새를 가다듬기 위해서라든가, 잘 찾아왔는지 확인하기 위해서라든가. 하지만 들이쉬는 숨이 꼭 마음을 다잡고 있는 것만 같았다. 그러고 보니 지난번에는 종기의 숨소리를 듣고 자연스레 악의를 읽었다. 우연일까.

그 생각은 치워 두고 일단 문밖에 있는 인설이를 맞기로 했다. 철문을 살며시 열었는데도 인설이가 화들짝 놀랐다. 들어오라고 해도 가슴에 손을 댄 채 머뭇댔다. 겨우 걸음을 옮긴 뒤에도 바닥만 쳐다보고 있었다.

"어제랑 달라진 거 없지?"

인설이의 비스킷 단계가 변했는지 효진이가 물었다. 여전히 흐리다는 의미로 고개를 살짝 끄덕였다. 인설이가 못 본 틈에 답했지만, 비스킷 감별사는 내 배려가 무색하게 공개적으로 결론을 내렸다.

"비스킷 1단계네. 내가 알아볼 정도잖아. 오늘 약속대로 왔는데도 상태가 변하지 않은 걸 보면 뻔하지. 분명 얘가 중요하게 여기는 누군가에게 무시당해서 안 보이게 된 걸 거야. 맞지?"

내가 다 무안할 만큼 당돌한 추리에도 인설이는 반격은커녕 움츠리고만 있다. 상당히 소심한 것 같은데 반강제적일망정 용케 아지트까지 왔구나 싶었다. 효진이는 혼자 나불거리고, 인설이는 같은 반인 덕환이의 시선을 유독 피하고. 이대로 두면 애써 온 보람도 없이 입을 계속 다물겠다고 판단했는지, 덕환이가 눈치껏 가방을 들고 일어났다.

"미안. 나 영어 학원에 늦어서 가 봐야 할 것 같아. 편하게 얘기들 나눠."

아는 사람이 없으니 불편함이 해소되려나 싶어 한숨 돌리려는데, 인설이가 다급하게 덕환이의 교복 자락을 붙잡았다.

"혹시 나 때문에 일부러 가는 거야? 나 괜히 온 거 아니지? 내가 이상한 거 아니잖아. 나는 비스킷도 아닌데."

아무래도 자신이 아지트에 온 것에 대해 말이 샐까 봐 신경이 곤두선 모양이다. 혹은 우울한 아이로 비칠까 봐 걱정하는지도 모르고. 뭐가 됐든 자신이 이상한지 아닌지 답을 알려 달라고 부탁하며 인설이가 초조한 듯 자꾸 침을 삼켰다. 그 소리가 귀를 자극했다.

"이상하지 않아. 학원은 원래 있던 일정이야. 그러니까 마음 쓰지 않아도 돼."

"나 애들이랑 잘 지내고 있어. 여기 온 건 단지 그냥……. 그냥, 오라고 해서."

"너한테 좋은 친구들이 있는 거 알아. 우리 같은 반이잖아."

인설이는 분명 소외된 상황을 인지하고 있다. 긴장한 상태라 그 원인이 친구들 때문이라고 밝힌 것도 모를 테지만. 주눅 든 인설이를 몇 번이나 안심시킨 뒤 덕환이가 겨우 문을 나섰다. 이럴 바에는 차라리 남는 편이 낫겠다 싶었는데, 덕환이가 가고 나니 의외로 인설이의 굳은 표정이 풀어졌다. 최고로 단순한 김효진과 시니컬한 지안이보다 더 판단하기 어려운 유형 같았다.

시답잖은 잡담 끝에 한 번씩 툭툭 던져 주는 정보를 모으는 데 꽤 시간이 걸렸다. 인설이가 비스킷 1단계가 된 사정은 대략 이랬다.

학교에서 함께 어울리는 무리는 다섯 명. 원래는 모두 둥글둥글 친하게 지내던 사이란다. 그런데 언제부턴가 거리감이 느껴졌다. 처음에는 급식실이나 버스에서 자신만 혼자 앉고 둘씩 짝지어 앉을 때 약간의 소외감이 드는 정도였다. 초반에는 다섯 명이 홀수니까 자리를 정할 때 누군가는 필연적으로 혼자 남겨질 수밖에 없다고 스스로 다독였다. 이전처럼 한 사람씩 공평하게 돌아가며 혼자 앉자고 제안하고 싶었지만, 누군가 딴지 걸까 봐 차마 말하지 못했다.

친구들이 자신을 빼놓는 일이 점점 더 잦아졌다. 다섯 명 가운데 더 가까운 사이가 생기고, 그 애들이 귓속말로 소곤거리는 모습을 뒤에서 멍하니 바라보는 상황이 반복됐다. SNS에서조차 자신만 빠진 대화가 늘어나면서 점차 무리에서 겉돌았다. 그러다 지난 주말, 자신에겐 묻지 않고 친구들이 쇼핑을 갔다는 사실을 그날 저녁 채팅방에 남겨진 후기를 보고 알게 되었다. 그게 아지트로 오게 된 계기였다.

"애들이 일부러 그런 건 아니라는 거 알아. 어쩌다 보니 상황이 그렇게 됐겠지. 애들을 이해하려고 노력은 하고 있어. 가끔 좀 서운하긴 하지만."

인설이는 무조건 다른 사람에게 맞춰야 분위기를 해치지 않을 수 있다고 착각하며 살아온 결과 비스킷이 된 듯했다. 그래서 자신의 상처 입은 마음을 직시하기보다는 습관대로 오히려 아이들을 두둔하고 있었다.

"왕따가 왜 가해자들 변명을 해 줘?"

"나 왕따 아니라고."

드디어 인설이가 발끈했다. 동시에 인설이의 핸드폰이 울렸다. 메시지를 본 인설이가 다시 안절부절못하며 어깨를 내려뜨린 채 답장을 보냈다. 무슨 일인지 묻자 잠시 망설이더니 손톱을 깨물며 핸드폰을 보여 주었다.

단톡방에는 인설이의 셔츠를 빌려 달라는 메시지가 와 있었다. 소개팅을 한다며 들뜬 친구에게 다른 아이들이 그 셔츠가 잘 어울릴 것 같다고 답하고 있는 기묘한 상황. 지난주에 사서 아직 한 번도 입지 않았다는 사실을 말하는 대신, 인설이는 내일 옷을 가져가겠다고 대답했다. 웃는 이모티콘까지 곁들여서.

"새 옷인데 빌려줘도 괜찮아?"

울상을 지으며 인설이가 고개를 떨궜다.

"안 빌려줬다가 내가 자길 싫어한다고 생각하면 어떡해. 아! 진짜로 싫어한다는 말은 아니고. 오해하지 마."

나는 단톡방을 슬쩍 훑어보았다. 처음에는 미안해하며 소소하게 부탁하던 것이 어느 순간 강요로 바뀌어 있었다. 친구들의 평가가 두려운 인설이가 마지못해 허락하는 패턴이 계속되자 오히려 친구들은 인설이에게 '만만한 사람'이라는 꼬리표를 달아 버렸다. 근데 애들을 친구라고 부르는 게 맞을까?

"새 옷을 빌려줘도 네 마음이 아무렇지 않냐고 물은 거야."

고개를 든 인설이는 조금 전과 달리 경계심이 가득 담긴 눈빛으로 변했다.

"친구 부탁이잖아. 내 마음보다는 우정이 더 중요해."

"네가 어떻게든 맞춰 주려는 우정을 친구들도 고마워해?"

"당연한 거 아니야? 다들 나밖에 없다고 말해."

정말 고맙다면 왜 널 빼고 어울리겠어. 입술 끝에 걸린 말을 내뱉지는 않았다. 인설이는 비스킷 1단계지만 자존감은 바닥이다. 친구들이 자신을 따돌리는 게 아니라는 믿음의 가짜 벽으로 부서진 마음을 겨우 지탱하고 있다. 마음을 서서히 허무는 것이 친구들의 은근한 따돌림인 것도 모른 채. 언젠가 벽이 모두 무너지고 나면 인설이는 자신도 모르게 비스킷 3단계가 되어 있을 것이다.

친구들에게 연락이 올지 모른다며 핸드폰을 손에서 놓지 못하고 계속 들여다보던 인설이가 갑자기 배를 움켜잡고 화장실을 찾아 뛰어나갔다. 우리 반응까지 신경 쓰느라 스트레스를 받은 듯했다. 마음의 초점이 자신이 아닌 외부로만 향해 있으니 당연한 반응이다. 나는 인설이가 없는 틈에 기지개를 켜는 효진이를 돌아봤다.

"너 왜 자꾸 인설이한테 무례하게 굴어?"

효진이가 허리를 뒤로 젖힌 채 날 쳐다봤다.

"미움받을까 봐 의견도 제대로 말 못 하고 있잖아. 답답하게. 충격요법으로 본인 상황을 직시해야 자존감을 회복할걸. 잘 봐, 이 누나가 이런 건 또 전문이니까."

말수가 적은 탓에, 잘 위축되는 탓에, 낯을 가리는 탓에 인설이가 비스킷이 될 수밖에 없다고 보는 건 얄팍한 판단이라는 생각이 들었다. 효진이가 지나치게 자신만만해하는 게 어째 불안하다. 아니나 다를까, 인설이가 돌아오자마자 다짜고짜 상처를 무자비하게 후비기 시작했다.

"위인설, 잘 들어. 넌 지금 같이 노는 무리로부터 따돌림당하고 있어. 모든 걸 맞춰 주려고만 하는 너의 태도가 결국 널 외롭게 만든 거야. 그 사실부터 인정해야지 비스킷에서 벗어날 수 있어."

"나 비스킷 아니라고 했잖아."

"너 비스킷 맞아. 아까도 말했지만 1단계. 네가 비스킷에서 빨리 벗어났으면 해서 사실대로 말해 주는 거야. 애들이 널 무시하지 못하게 하려면 네 생각을 확실하게 말할 줄 알아야 해. 싫으면 싫다, 좋으면 좋다. 셔츠도 빌려주기 싫다고 당당하게 말해."

인설이가 신경질적으로 맞받아쳤다.

"그러다 잘못되면? 애들이 재수 없다고 아예 대놓고 따돌리면?"

"그게 무서워서 계속 호구로 살 거야?"

인설이의 얼굴이 새빨갛게 달아올랐다. 눈동자에 고인 눈물이 뚝뚝 떨어졌다. 당황한 효진이가 "아니, 그러니까 내 말은……." 하며 변명을 던져 보려고 했으나 인설이는 입술을 꽉 깨물고는 도망가듯 아지트에서 나가 버렸다. 효진이는 어안이 벙벙한 표정을 지었다.

"너무 직설적이었나. 어쩌지. 내가 너희하고만 놀아서 섬세한 감정을 잊어버렸나 봐."

"덕환이는 너보다 섬세하잖아. 그보다 넌 외동이라서 그래. 버릇이 없어."

"그러는 너도 외동이잖아."

"그러네."

효진이는 자신도 비스킷이었으니 그 경험으로 어떻게든 빨리 인설이를 구해 내는 게 상책이라고 생각한 듯하다. 그렇게 자기 생각에만 푹 빠져 조급하게 굴다가 비스킷의 아픔을 이해하려는 노력을 빼먹고 말았다.

나는 풀이 죽은 효진이의 어깨에 손을 얹었다.

"내가 말한 적 있지. 이제 비스킷을 괴롭히는 사람한테 복수하지 않겠다고. 대신 다른 방법으로 도울 거라고. 나는 비스킷을 더 이해하고 응원하는 데 힘쓰기로 했어. 그러니까 너도 성장통을 좀 겪고 나면 너만의 방식이 생기지 않을까 싶다."

기운 없다고 갈지자로 걷는 효진이를 바래다주고 집에 왔다. 집 안이 온통 깜깜해 전등을 모조리 켜고 주방으로 갔다. 식탁에는 나 혼자만을 위한 저녁밥이 차려져 있었다. 엄마는 발레를 시작하고 주로 저녁 시간에 집을 비웠다. 직장인 성인반에 든 탓이다. 엄마는 직장인이 아니지만 이모의 퇴근 시간에 맞추느라 어쩔 수 없단다. 엄마가 밤이 새도록 플리에 동작을 연습하는 열정은 상관없지만, 발레를 배운다는 핑계로 다이어트에 돌입한 건 확실히 별로다. 엄마는 기어이 작은 발레복 사이즈에 몸매를 맞추려는 쓸데없는 도전을 하고 있다.

엄마가 발레를 시작하고 그나마 유일하게 좋은 거라면 홈쇼핑 방송을 더는 보지 않아 우리 집이 조용해졌다는 점이다. 요즘에는 위층 망아지도 날뛰지 않는다. 마귀할멈이 된 지안이가 단속을 잘해준 덕이다. 그나저나 지안이는 집에 돌아왔으려나.

다른 학교에 다니는 지안이와는 등하굣길에 한 번도 마주친 적이 없다. 그래도 엘리베이터를 기다릴 때마다 지안이가 탔을지도 모른다는 기대감을 안고 안에서 들리는 소리를 유추하는 일은 꽤 즐겁다.

가만, 지금 내가 소리를 듣고 즐겁다고 생각한 건가. 미쳤나 보다. 나는 소리 때문에 고통받는 중생인데. 혹시 소리를 긍정적으로 받아들이게 되면서 소리로 다른 사람 마음을 읽게 된 걸까?

비스킷이 자신의 존재를 드러내기 위해 간절하게 내는 소리는 오감을 깨우기도 한다. 그렇지만 비스킷이 아닌 평범한 사람들의 감정을 소리로 읽어 내는 게 과연 좋은 일일지는 모르겠다. 고민해 봐야 당장 답이 나올 턱도 없겠지. 일단 배가 고프니 빨리 씻고 밥이나 먹어야겠다.

나는 씻으러 가기 전에 지안이에게 메시지를 보냈다.

- 야간 자율 학습 끝났어?

씻고 나온 뒤에는 핸드폰부터 들여다봤다. 지안이는 답장이 없다. 엄마의 당부대로 찌개를 데우자니 영 귀찮아서 그냥 차려진 대로 저녁밥을 때웠다.

혼자 밥을 먹으면 왠지 이모가 한 말이 자꾸 떠오른다. 식구들이 둘러앉아 밥을 먹을 때 나는 소리가 싫어서 가출하기로 마음먹었다는 이야기. 그런데 그 말에는 어쩐지 식구들과 다시 한번 쩝쩝대며 밥을 먹고 싶다는 바람이 숨은 것만 같다. 이제 다시는 만나지 못하는 사람, 두 번 다시 할 수 없는 일들에 대한 그리움과 착잡함도 담겨 있겠지. 이모가 살찐 원인은 어릴 때 가족을 미워한 것에 대한 죄책감 때문일까 생각하다 보니 어느새 밥 한 공기를 비웠다. 나도 어른이 되면 이모처럼 죄책감을 먹고 살이 찔 것만 같다.

내 방으로 들어가자마자 책상 서랍에서 꽃씨를 꺼냈다. 조만간 꽃씨를 죽은 땅에 심을 예정이다. 그리고 그날이 바로 내 인생의 전환점을 맞는 날이 될 것이다.

- 담임이 오늘 야자 담당이라 아직. 집이야?

드디어 지안이에게 답장이 왔다. 나는 침대에 벌렁 누워 열심히 메시지를 보냈다. 나도 모르게 입가에 미소가 번졌다.

3

두근거리는 소리

돌아온 주말, 본격적인 후각 단련 특훈을 위해서 효진이 집에 지안이를 포함해 우리 팀 완전체가 모였다.

효진이는 어릴 때부터 으리으리한 주택에 살고 있다. 잔디가 깔린 마당에 사시사철 푸른 정원수가 늘어서 있어 근사한 곳이다. 우리 집보다 훨씬 넓고 좋은 효진이네를 내가 잘 가지 않는 이유는 순전히 김효진 취향 탓이다. 아저씨가 사업으로 바쁜 틈에 효진이는 자기 취향으로 집 안을 꾸며 댔다. 인기 좀 있다 싶은 각종 캐릭터가 통일성 없이 산재해서 도무지 눈 뜨고 봐 줄 수 없는 캐릭터 창고가 되어 버렸다. 하지만 김효진은 자기를 닮은 귀엽고 재밌는 물건을 사 모은다고 생각하는 터라 말려도 듣지 않는다.

효진이가 현관문을 열자 곧장 도망치고 싶은 충동이 일었다.

"네 발에 꿰차고 있는 그 해괴한 건 뭐냐?"

"물고기 슬리퍼."

눈알이 튀어나올 것 같은 생선 두 마리가 발에 걸린 채 웃고 있다. 효진이가 같은 슬리퍼를 신으라고 내밀기에 기겁하며 물러섰다.

"정상적인 슬리퍼를 내놓지 않으면 그냥 돌아갈 거야."

"제성 군은 역시 센스가 없어. 다른 애들은 귀엽다고 난리인데."

효진이가 한숨을 푹 쉬곤 평범한 슬리퍼를 내놓았다. 멀찍이 서서 절망적인 표정을 짓고 있는 덕환이에게 뺏기기 전에 냉큼 슬리퍼를 신었다.

소파에 새침하게 앉은 지안이는 평소와 달리 살짝 화장을 한 듯했다. 재수 학원에 들어간 언니에게 볼일이 있다고 해서 따로 왔는데, 혹시 언니에게 화장을 받고 온 걸까. 설마 나에게 잘 보이려고⋯⋯?

"혼자 왜 히죽거리고 있어?"

나의 흐뭇한 상상에 눈치 없이 끼어드는 김효진을 등지며 후드를 썼다. 얼굴을 보이면 내 상상을 들킬 것만 같았다. 그럴 순 없지.

"비스킷 구출 팀에 새로운 에이스가 탄생할 리 없다는 자만이 담긴 비웃음인가? 그렇다면 오늘 네 자리에 도전장을 내밀어 주지."

내 웃음을 멋대로 해석한 효진이가 의기양양하게 훈련 준비물을 선보였다. 널찍한 거실 테이블에 죽 늘어놓은 검은 안대, 다양한 향초, 섬유 탈취제, 티백, 방향제를 보니 나의 귀한 주말을 할애하기에는 전혀 미덥지 않은 훈련 같다. 그래도 모처럼 지안이도 와 있으니 큰맘 먹고 남아 주기로 했다.

냄새가 퍼지는 강도를 고려해 향이 약한 순서부터 테스트하기로 합의를 봤다. 첫 공략 대상은 우려낸 차였다. 내가 차 종류를 고르면 주방에서 덕환이가 차를 우리고, 그걸 지안이가 가져다주기로 해 나름대로 공정성도 확보했다.

효진이가 안대를 착용했다. 미리 냄새가 흘러오는 경로를 따져 보는 듯 코를 벌름거렸다. 준비하는 동안 나 역시 귓가를 맴도는 온갖 소리를 느꼈다. 주전자에서 들려오는 물 끓는 소리가 멈추고 이윽고 텀블러에 쪼록쪼록 물 따르는 소리가 이어진다. 티백이 잠기며 담방 물소리가 났다.

지안이가 뚜껑을 연 텀블러를 효진이 코밑에 가져다 대었다. 알맞게 우린 차에서는 오렌지 향과 젖은 건초 향이 풍겼다. 내가 골랐지만 너무 쉽다. 처음부터 기죽이고 싶지 않아 평소 자주 접하는 향을 선택했다. 아저씨가 좋아하는 차라서 집에서는 효진이가 직접 우린다고 들은 적이 있다.

효진이가 흐흐 웃으면서 단번에 답을 외쳤다.

"시트러스!"

"땡! 루이보스였어."

효진이가 안대를 벗고 붉은 갈색빛이 감도는 액체가 담긴 텀블러를 내려다봤다. 믿을 수 없다는 듯 마셔 보기까지 했다. 처음부터 이렇게 쉬운 문제를 틀리다니. 믿을 수 없는 건 내 쪽인데도 효진이는 마치 내가 자기를 속이기라도 한 듯 의심 가득한 표정이다.

"루이보스에서 시트러스 향이 나긴 해."

지안이가 어설프게 위로했다. 효진이는 고개를 끄덕이면서도 분풀이하듯 안대를 두 손으로 팽팽하게 늘렸다.

다음 뚜껑을 열자마자 효진이가 코를 발록거리며 깊게 향을 들이마셨다. 그러더니 가소롭다는 듯 거만하게 답했다.

"녹차."

"땡! 땡! 콤부차잖아. 여기 있는 나한테까지 느껴질 만큼 시큼한데. 김효진, 오감 발달이 유아 단계에서 멈춘 거냐."

"이럴 리가 없어. 그동안 시향 훈련을 엄청나게 했단 말이야. 이건 음모야. 바른대로 말해. 다 같이 날 속이는 거지? 녹차 어디 숨겼어?"

효진이가 소파 주변에 있는 물건들을 들추며 녹차를 찾기 시작했다. 주전자를 들고 있던 덕환이가 안경테를 한 번 추어올렸다. 기필코 김효진의 기를 살려 놓겠다는 단호한 의지가 엿보였다.

"다른 걸로 시도해 보자. 섬유 탈취제 어때? 비스킷 냄새를 순간적으로 포착해야 하는 상황에 더없이 적절한 훈련이잖아."

그리하여 이번에는 섬유 탈취제를 허공에 뿌린 뒤 향 맞히기에 나섰다. 효진이가 사방을 향해 코를 쿵쿵거렸다. 공기에 남은 잔향까지 맡아 대던 효진이가 만면에 미소를 지었다.

"이 향은 라일락이야. 라일락 향 좋아하거든. 백 프로야."

나는 장미 향이라고 쓰인 섬유 탈취제를 흔들었다. 장미와 라일락을 헷갈릴 정도면 놀리고 싶은 마음도 들지 않는다. 오히려 안쓰러울 지경이다. 이후에도 향초와 방향제로 후각 테스트를 진행했으나 효진이는 열 번 중 네 번 정답을 맞혔다.

"중간고사 성적도 아니고, 이게 뭔데."

곧 다가올 시험에 대한 예견을 하며 효진이가 소파 쿠션 사이에 얼굴을 파묻었다. 비장의 기술을 연마해 비스킷을 찾겠다는 효진이의 거창하고도 허술한 계획은 벌써 고비에 직면했다. 하지만 걱정할 필요는 없다. 이제 시작이니까. 사실 한때 나도 겪어 본 일이기도 하다. 미약한 소리를 잡아내겠다며 어린이집 동창들을 부려 먹으면서 테스트하다가 매번 좌절을 맛보곤 했다. 그러니 효진이가 비스킷 냄새를 놓치지 않으려고 끝까지 노력한다면 나도 옆에서 열심히 도울 것이다. 그때 받은 구박만큼 잔소리는 좀 하겠지만.

"그나저나 김효진 열의에 같이 불타올랐더니 배고프다."

어느새 점심이 훌쩍 지났다. 가사 도우미는 평일에만 방문하기 때문에 효진이는 미리 만들어 놓은 반찬으로 주말 끼니를 때운다. 오늘은 특별히 배달 음식을 시켜 주겠다기에 우리는 질세라 각자 먹고 싶은 메뉴를 줄줄이 읊었다. 떡볶이, 피자, 햄버거, 치킨, 마라탕, 짜장면, 아이스크림, 김밥. 다 주문해 줄 리 없으니 사다리 타기라도 하려나. 메뉴를 적던 지안이가 펜을 내려놓고 배달 앱을 켰다.

"번거롭게 고르지 말고 그냥 하나씩 다 시키자."

지안이는 역시 현명하다. 이러니 내가 안 좋아할 수 있나.

"아니, 무슨 그런 험한 농담을. 알바 인생도 끝나서 지갑이 빈약한 학생이라는 걸 잘 아시면서. 저는 누구처럼 부모님 카드를 긁는 여유가 없사오니 그냥 피자 두 판으로 아니 될까요?"

"나도 요즘 엄카 안 쓰거든. 내 계좌가 있는 어엿한 경제인이라고."

"지난달에 체크 카드 만들어 놓고선 생색은."

"두 판으로는 어림없지. 한 사람당 한 판씩, 네 판으로 합의 보자."

"부디 아량을 베풀어 주십시오."

효진이의 애원에 피자 세 판을 주문했다. 동갑내기 먹보들이 박스까지 씹어 먹을 기세로 피자를 먹어 치운 뒤 무슨 영화를 볼까 고민하며 넷플릭스를 살피는 중이었다. "피자 다 먹은 거냐?" 하면서 내 얼굴 옆으로 무언가가 불쑥 튀어나왔다. 본능적으로 소파 쿠션을 들어 정체 모를 것을 힘껏 후려쳤다. 끙끙 소리가 나서 소파 뒤를 내려다보니 창성이 형이 얼굴을 감싼 채 주저앉아 있었다.

"형! 놀랐잖아요. 거기서 뭐 해요?"

창성이 형이 벌게진 코끝을 문지르며 소파를 붙잡고 일어났다.

"거기서 뭐 하냐니. 내가 계단 내려오는 소리 들었을 거 아니야. 못 들었대도 쿠션 휘두르기 전에 분명 눈 마주쳤어."

"들었던 것도 같고. 아니, 그보다 이 시간에 왜 여기 있어요?"

"오빠 요즘에 우리 집에서 지내. 월세 못 내서 원룸에서 쫓겨났거든."

효진이가 한심하다는 듯 쳐다보며 피자 박스를 치웠다. 쫓겨났어도 카페는 출근해야 하는 것 아닌가. 아니, 출근을 안 하니까 월급이 없어 월세를 못 낸 건가. 인과 관계가 요상하다. 까치집 진 뒷머리로 자다 일어난 티를 내는 창성이 형이 치워 둔 피자 박스를 뒤적였다. 피자 쪼가리를 찾은 형이 누가 먹던 건지 묻지도 않고 우물거렸다.

"이 난장판을 보아하니 또 후각 훈련인가 뭔가 했구나. 우리 동생의 특별한 능력은 아무나 얻을 수 있는 게 아니라고 며칠 전에도 조언했을 텐데."

"나의 특별한 후각 능력으로 희원이를 찾아냈다는 사실을 그새 또 깜빡했나 보네."

"그건 우연히 얻어걸린 거지. 너네 쫓아다니면서 비스킷 찾겠다는 애들 중에 지금껏 진짜 찾은 애가 있었냐? 우리 동생 같은 능력이 없어서 찾질 못하는 거야. 그러니까 그만 미련 버려."

"자꾸 잊어버리는 모양인데, 오빠랑 피를 나눈 동생은 나거든? 제성이가 오빠를 의형제로 생각한다는 착각에서 제발 벗어나."

"이봐, 피를 나눈 동생아. 너 자꾸 우리 동생과 나 사이를 이간질하면 중간고사가 코앞인데도 공부 안 하고 쏘다니는 거 삼촌한테 다 말한다."

효진이는 "치사하게 굴지 마!"라고 소리치며 소파 쿠션을 던졌다. 싸우든 말든 영화를 고르는 데 집중하던 지안이가 플레이 버튼을 눌렀다. 지안이는 다른 사람들의 대화에 언제나 관심이 별로 없다. 역시나 고른 영화도 문어에 관한 다큐멘터리였다.

"우리 집에서는 문어를 숙회로 먹는데. 왜 선생으로 둔다는 거지?"

"문어 자식은 희원이네 아빠야."

창성이 형과 효진이가 각자 살아온 인생에 걸맞게 코멘트를 붙였다. 뜨악하게 둘을 번갈아 쳐다보던 지안이가 웬일로 대화에 끼어들었다.

"문어는 사실 지능도 높고 감성적인 생물이야. 사람이랑 교감도 해."

"최근에는 문어와 같은 두족류도 고통을 느낄 수 있다고 보나 봐. 관련 연구가 진행되고 있다더라."

덕환이가 적절하게 지안이의 말을 받아 주었다. 바람직하지 않은 어른의 본보기인 창성이 형은 "아니, 그럼 앞으로 산낙지를 못 먹는 거야?" 하고 내뱉었다가 지안이의 한숨 공격을 받았다.

까칠하고 진지한 지안이가 분위기를 주도해 다큐멘터리를 끝까지 보았다. 인간도 자연의 일부라는 생각이 드는 수작이었는데, 뒤돌아보니 창성이 형은 졸고 있었다. 지안이가 보면 속상할까 싶어서 형을 향해 얼른 캐릭터 장난감을 던졌다. 창성이 형이 머리를 긁적이더니 "끝났네. 그럼 이제 비즈니스 세계로 넘어가서, 우리 비스킷 팀이 나올 유튜브를 기획……."이라고 말하는 통에 일제히 자리에서 벌떡 일어났다. 그러고는 다들 학원에 가야 한다며 급하게 작별인사를 나눴다.

"갑자기? 이렇게? 다른 사람은 몰라도 제성스는 영어 학원도 안

다니면서. 다른 변명은 없어?"

실은 러닝을 하기로 덕환이와 약속되어 있었다. 희원이 구출이 마무리된 후 여유를 되찾고 나자 때때로 후회가 밀려왔다. 내가 희원이를 업고 더 빠르게 이모 집으로 피했더라면 친구들이 폭력을 당할 때 도울 수 있었을 거라는 반성도 같이.

후회를 되풀이하고 싶지 않았다. 그래서 어린이집 동창들이 유도 학원과 태권도 학원에 다닐 때도 시끄러운 기합 소리가 싫다며 호신술 마스터로 만족했던 내가 뒤늦게 운동에 도전할 마음을 냈다.

지안이는 매달리는 효진이에게 끝내 붙잡히고, 나와 덕환이는 창성이 형의 행패를 견딜 수 없다는 핑계를 대고 간신히 캐릭터 창고에서 빠져나왔다.

후드를 당겨 쓰고 덕환이와 한강가를 달렸다. 덕환이는 안정적인 호흡으로 거침없이 나아갔다. 나는 저질 체력을 금세 드러내며 헉헉대다가 얼마 못 가 잔디밭에 굴렀다. 심장이 터질 것 같으니 별의별 소리가 다 거슬리게 들려온다. 누군가 라면을 후루룩 먹는 소리도, 비둘기가 날갯짓하는 소리도 듣기 싫다. 자전거는 왜 또 이렇게 많은지. 나는 숨을 참으며 수없이 연습했듯 내 심장 소리에 집중했다. 덕분에 세상이 납작해지는 증상을 겪지는 않았다. 겨우 유선 이어폰

을 꺼내며 고개를 들자 몇 미터 앞에서 제자리 뛰기를 하는 덕환이
가 보였다.

"너 그러다 비스킷 추종자들한테 붙잡힌다."

비스킷 추종자는 비스킷의 존재를 인정하는 무리를, 반추종자는
비스킷을 착시 현상이라고 부정하는 무리를 말한다. 우리가 지어낸
말이다. 비스킷 추종자 대부분은 류덕환의 팬이라고 보면 된다.

몇몇이 흘긋거리며 지나갈 때 불안하긴 했다. 웅성거림 속에서 튀
어나온 "대박! 흑기사다."라는 외침을 따라 여학생 무리가 삽시간에
덕환이에게 모여들었다. 그러더니 허락도 구하지 않은 채 핸드폰으
로 연신 사진을 찍어 댔다. 유명세를 타기 전에도 덕환이는 거리를
걷다가 종종 연락처를 알려 달라는 요청을 받아 왔기에 익숙한 광경
이긴 하지만, 오늘은 정도가 지나쳤다. 환호성이 거의 비명급이다.
나는 무리에 휩쓸리지 않은 채 유선 이어폰을 끼고 덕환이가 쩔쩔매
는 모습을 구경했다.

"죄송합니다. 저는 연예인이 아니라서요. 실례하겠습니다."

인파를 헤치고 나오려는 덕환이에게 어떤 여자애가 사인해 달라
며 매달렸다. 놓치지 않겠다는 듯 슬링백을 꼭 붙잡고 있다. 사인해
주겠네 싶었는데 덕환이가 의외로 거칠게 여자애를 뿌리쳤다. 그 바
람에 여자애가 넘어질 듯 휘청거렸고 곧바로 사과했지만 분위기는

싸늘해졌다. 그때 휙 지나가듯 들려온 덕환이의 숨소리에는 스스로에 대한 혐오가 스며 있었다. 잘못 들은 건가. 덕환이가 자기혐오를 느끼다니. 덕환이답지 않다.

멀찍이 떨어져 있던 내 쪽으로 성큼성큼 다가온 덕환이가 "가자." 라고 힘주어 말하며 나를 일으켰다. 여학생 무리가 우리를 째려보고 있었다.

"사인해 주지 그랬어. 흑기사 정신은 이럴 때 발휘하는 거야."

"효진이한테만 흑기사면 돼."

요즘 덕환이가 던지는 멘트가 부쩍 과감해졌다. 효진이와 심상치 않은 사이라고 짐작하는 사람들의 시선에 영향을 받아 심경에 변화가 생긴 듯하다. 적극적으로 어필해도 어리숙한 김효진이 알아채지 못하는 게 문제지만.

"효진이는 연애에 관심 자체가 없는 것 같아. 아마 설레는 감정이 뭔지도 모를걸."

덕환이가 스포츠 타월로 땀을 닦으며 잠시 강가를 바라봤다. 그러더니 슬링백에서 텀블러를 꺼내 물을 마시곤 내게도 내밀었다.

"너야말로 지안이랑 어떻게 되는 거야? 아까 보니까 서로 말도 잘 안 하던데."

"오늘 결판낼 거라 일부러 거리 둔 거야. 긴장감 유도랄까."

"고백이 결판낼 일이냐?"

얼렁뚱땅 사귀는 것처럼 행동하다가 자연스레 커플이 되는 것도 고려해 봤다. 하지만 시든 꽃을 가꾸는 지안이를 보고 있으면 너를 정말 좋아한다고 고백하지 않을 도리가 없다. 그렇기에 고백 방법을 여름 내내 궁리했다. 만약 고백을 망쳐 차이게 된다면 평생 치욕스러움을 곱씹으며 후회할 테니까. 그 예시가 바로 옆에 있다. 아무리 인기가 많아도 섣불리 고백한 여파에 아직 시달리는 류덕환. 덕환이를 반면교사로 삼아 고백에 성공할 타이밍을 신중하게 재었다.

그 타이밍이란, 지안이가 고백을 거절하지 않을 거라는 신호를 읽어서 찾을 생각이었다. 오늘 지안이가 화장하고 나타난 모습이 신호라고 봤다. 내가 멋지게 보이고 싶듯, 예쁘게 보이고 싶은 마음 또한 상대에 대한 호감에서 나왔을 테니까.

나는 지안이에게 밤 11시에 화단 앞에서 만나자는 메시지를 보냈다. 우리는 별일 없으면 매일 그 시간에 만나 산책한다. 물론 함께하는 시간은 30분을 넘지 않는다. 30분이 넘어가면 부모님이 눈치챌 수 있으므로.

예전에 지안이가 잘 어울린다고 칭찬했던 셔츠로 갈아입고 서랍에서 꽃씨를 챙겼다. 성공할 거야, 성제성. 거울 속 내게 응원을 보낸 뒤 약속 5분 전에 엘리베이터를 타고 1층으로 내려갔다. 밤공기가 적당히 선선했다. 주변에 아무도 없는 걸 확인하고, 화단에 쓰레기나 담배꽁초가 버려져 있지는 않은지 살펴봤다. 아무것도 없다. 완벽하다.

엘리베이터가 1층으로 내려오는 소리가 들린다. 뒤꿈치를 약간 끄는 걸음걸이는 지안이가 긴장할 때 나오는 버릇이다. 지안이도 나처럼 긴장했다고 생각하니 입꼬리가 저절로 올라간다. 출입구에서 나오는 지안이는 평소처럼 편한 복장이었다. 날 발견하고 반갑게 웃음 짓는 눈을 보니 나도 모르게 어깨가 뻣뻣해졌다.

"내가 좋아하는 셔츠 입었네. 산책하기엔 지나치게 꾸민 느낌이긴 하지만."

"오늘은 산책 말고 화단에다 비밀을 심을 예정이거든."

나는 모종삽을 들어 올렸다. 옛집 정원에 시든 꽃을 심는 아이라 내가 어떤 일을 하려는지 짐작한 것 같았다. 우리는 화단 앞에 쪼그리고 앉았다. 특별히 준비한 흰 장갑을 건넸더니 지안이가 싱긋 웃었다. 잘 웃지 않는 지안이에게 이 정도 웃음은 기분이 꽤 좋다는 의미다. 우리는 번갈아 모종삽을 사용해 화단에서 흙을 퍼냈다. 구덩이가 적당히 깊게 파였을 때 주머니에서 꽃씨를 꺼냈다.

"세상에서 가장 비싼 꽃씨다."

"얼마나 비싼데?"

"이건 내 마음이 담긴 꽃씨라 값을 매기지 못할 만큼 귀하긴 하지. 오늘 여기에 심는 꽃씨는 내 마음이거든."

나는 수십 번 연습한 대로 술술 말하고는 움푹하게 파인 구덩이에 꽃씨를 하나 내려놓았다.

"여기에 네 마음도 나란히 심지 않을래? ……너랑 같이 마음을 가꾸고 싶어."

얼굴이 화끈거리지만 용기를 부여잡고 꽃씨를 내밀었다. 만약 지안이가 꽃씨를 내려놓지 않는다면 내 첫사랑은 비극으로 끝날 것이다. 앞으로 위층에서 들리는 모든 소리를 지안이와 연결 지으며 시름시름 앓다가 마지막 잎새가 떨어지는 날 그래도 행복했노라고 유언을 남길지도 모른다.

조마조마한 내 마음을 알 턱이 없는 지안이가 한동안 가만히 있다가 꽃씨를 손바닥에 살살 쏟았다. 그러고는 가장 예쁜 꽃씨를 하나 집어 살며시 내 꽃씨 옆에 내려놨다.

꽃씨 두 개가 가지런히 놓였다. 나도 모르게 주먹을 불끈 쥐었다. 볼이 빨개진 지안이가 손으로 부채질을 했다. 이상하다. 왜 부끄러워하는 지안이가 조금 전보다 더 예뻐 보이지.

방금 커플이 된 우리는 손을 포개어 잡았다. 장갑을 끼지 않은 채 흙을 살살 퍼서 꽃씨를 마저 심었다. 생수를 뿌려 주고 작은 돌을 모아 하트 모양으로 주변을 둘러놨다. 그렇게 우리만의 비밀이 담긴 화단이 만들어졌다. 내가 슬쩍 손을 다시 잡자 지안이가 갑자기 한숨을 푹 쉬었다.

"너한테 온기를 받아서 이제 겨우 마음이 따뜻해지고 외로움에서 벗어났는데……. 우리가 사귀다가 만약에 헤어지면 상처받아 회복 불능 상태가 되겠지. 그러다 또 비스킷이 되면 어떡하지?"

지안이가 또다시 비스킷이 될지 모른다는 두려움을 안고 있을 줄은 몰랐다. 하지만 알까? 비스킷을 이미 한 번 극복한 대단한 사람이 바로 자신이라는 걸. 다친 마음을 보듬고 스스로를 다시 일으켜 세운 힘든 일을 해냈다는 걸. 지안이는 비스킷이었던 경험을 극복하며 내면이 더욱 단단해졌다.

"내가 아는 이지안은 감정의 무게 중심도 잘 잡고, 자기가 언제 행복해지는지도 제대로 알아. 자신을 인정하는 방식은 옆에서 배우고 싶을 정도로 합리적이야. 내가 언제나 네 곁에 있겠지만, 넌 언제든지 스스로를 잘 지켜 낼 거라 믿어."

비스킷은 온전한 형태거나 쪼개진 상태거나 상관없이 달콤하고 고소한 냄새를 풍긴다. 쫀쫀하고 다디단 자존감과 가능성을 우리 모두가 품고 있듯이.

"이상해. 내가 날 믿는 건 아직 잘 안 되는데, 네가 그렇다고 하면

날 믿을 수 있을 것 같은 기분이 들어."

나는 손을 끌어당기며 지안이 앞으로 다가섰다. 나보다 손바닥 반 뼘쯤 키가 작다는 사실이 새삼 느껴질 만큼 가까이. 지안이 눈을 바라보며 머리 위쪽을 손바닥으로 가볍게 흩트렸다.

"내 말을 믿을 수 있는 건 네가 날 좋아해서야."

지안이의 심장이 콩닥대는 소리가 들려왔다. 지안이의 심장 소리에 박자를 맞추는 것처럼 내 가슴도 두근두근 뛰었다. 마주 잡은 손이 떨려 왔다. 이번에는 지안이가 부드럽게 미소 지으며 내 머리를 흩뜨리려고 손을 뻗어 왔다. 내 심장이 터져 버리기 전에, 나는 얼른 손길을 피하고선 먼저 아파트 단지 안쪽으로 뛰어갔다.

"빨리 와. 한 바퀴 돌고 가자."

그때 손길을 뿌리치지 말았어야 했다고 나중에 후회하긴 했다. 근데 뭐 어때. 우리에게는 시간이 많은데. 서로를 천천히 알아갈 시간이.

"같이 가."

지안이가 뒤따라오는 발소리가 아파트 단지에 울려 퍼졌다. 산책이 끝난 후 집으로 들어갈 때쯤 씨앗이 조금이라도 움틀까. 앞으로 화단을 지나칠 때마다 꽃이 피어났기를 설레는 마음으로 기대할 것이다. 지안이와 함께할 시간이 몹시도 기다려지는 것처럼.

찰방거리는 소리

선택 과목 수업에서 나온 재활용 쓰레기를 분리수거장으로 들고 갔다. 선생님은 우리 팀을 콕 집어 지목해 분리수거를 하라고 했다. 덕분에 배출 스티커를 붙이는 동안 나와 덕환이는 효진이의 수다를 견뎌 내야 했다.

"제성 군, 이따 카페 가서 인설이 구출 계획 짤 건데 같이 갈 거야?"

비스킷이 아지트를 뛰쳐나간 다음 날, 효진이는 아침 일찍 인설이 반에 찾아가 사과했다. 인설이가 겨우 털어놓은 사정을 마음대로 해석해 상처 준 것에 대해서. 사과를 받아 줬다고 했지만 그건 아마도 눈치를 보는 인설이의 평소 대처법이었을 거다. 미움받기를 싫어

하니 불편한 상황을 빨리 정리하고 싶어 마음에도 없는 사과를 받아 줬을 터다. 그 증거를 대자면, 효진이가 근 2주일간 대화를 나누려고 시도하고 있으나 인설이는 계속해서 피하고 있다.

"지안이랑 선약 있어. 보고 싶은 책이 있대. 서점에 갈 거야."

"비스킷보다 지안이가 중요해?"

"네가 받은 DM 의뢰 때문에 여름 방학 동안 맨날 끌려다니면서 내 시간을 충분히, 과하게 썼다고 생각하는데."

"지안이랑 사귀기로 했다며?"

나는 그제야 고개를 들고 분리수거장 바람막이 벽에 매달려 있는 효진이를 쳐다봤다. 희원이를 구하려다 이모 집에서 떨어진 효진이를 울며불며 응급실로 옮긴 후로 두 사람이 꽤 친해졌다는 사실을 잊고 있었다.

"아파트 화단은 파헤쳐질 수도 있잖아. 우리 집 마당에다 꽃씨 다시 심어. 꽃나무도 괜찮겠다. 과일나무면 더 좋고."

"너희 마당은 이미 잔디가 다 깔린 완성형이라 의미 없어."

"무슨 의미?"

"한없이 가벼운 네가 이해할지는 모르겠지만 쉽게 설명해 주자면, 우리는 죽어 가는 장소를 살리거나 아무것도 없는 땅에 생명을 틔우는 데 의의를 두고 있거든. 꽃씨를 심은 것도 우리의 마음을 새

롭고 소중하게 가꿔 보자는 일종의 경건한 의식이지.”

“지안이랑 사귀기로 한 거야?”

덕환이가 종이 상자를 들고 분리수거장 뒤편에서 나타났다.

“아주 동네방네 소문 다 나겠네.”

“기념 파티 해 줄까? 책은 인터넷으로 사고 카페로 같이 가자. 케이크에 초도 꽂고 내가 요렇게 요렇게 춤도 춰 줄게.”

효진이가 양손을 벌리고 파닥거리며 춤을 췄다. 어릴 적부터 추는 춤을 보면 죄다 흐느적거리거나 파닥대는 몸치 같은 동작인데, 운동은 잘한다는 게 신통하다. 나는 사람 홀리는 춤을 추는 요정이라도 본 듯 넋을 잃은 덕환이의 어깨에 정신 차리라는 의미로 손을 턱 얹었다.

“다시 한번 진지하게 생각해 보는 건 어떠냐? 대체 저런 모습이 왜 좋아 보이는지.”

효진이는 내 말을 무시하고 계속 춤을 췄고 덕환이는 난감해했다. 오늘 아침 아버지를 바라보던 내 표정이 마치 덕환이 같았을 것이다.

우리 가족의 아침 식사 자리에는 암묵적인 룰이 있다. 밥만 꼭꼭 씹어 잘 먹으면 되지, 구태여 대화를 나눌 필요는 없다는 상당히 마음에 드는 룰이다. 오늘도 빵에 바를 버터와 딸기잼의 비율이나 고민하며 조용히 아침을 먹었다. 샐러드와 그릭요거트를 먹던 엄마가 돌발 질문을 던지기 전까지는.

"혹시 위층 사는 여자애랑 만나니?"

토스트가 목에 걸리는 줄 알았다. 사귄다고 인정하면 지안이에게 당당해질 수 있겠지만 앞으로 난처해질 일들이 떠올라 선뜻 입을 열지 못했다. 연예인들이 왜 열애설을 끝끝내 부인하겠는가. 일거수일투족을 감시당하고, 뭘 하든 상대와 연결 짓는 상황이 피곤하므로 일단 피하고 보는 것이다. 만난다고 인정하는 순간 엄마는 분명 내 뒤를 캐면서 간섭하려고 들 게 뻔하다. 엄마가 파 놓은 함정에 빠질 순 없지. 머릿속은 복잡하게 돌아갔으나 여유 있는 척 토스트에 버터를 발랐다.

"왜 그렇게 생각하시는데요?"

내 딴에는 엄마가 어떤 근거로 유추한 건지 정보를 알아낼 겸 물었는데, 뜻밖에도 엄마는 식탁에 포크를 탁 하고 내려놨다.

"아니라고 말 못 하는 거 보니까 만나는 거 맞나 보네."

엄마가 나보다 한 수 위였다. 함정을 피하려다 폭탄을 사뿐히 지르밟고 자폭한 꼴이라니. 포크를 내려놓는 힘과 못마땅한 말투로 보아 아무래도 사귀는 걸 반기지 않는 것 같은데 어쩌지. 일단 아침 식탁의 평화를 위해 발뺌해 볼까.

"예, 그렇습니다. 어마마마."

생각과 달리 내 입은, 아니 주둥이는 진실을 말했다. 이 와중에 엄마를 비꼬는 말을 곁들이면서.

"어머, 얘 봐. 여보, 뭐라고 좀 해. 얘가 지금 연애한다잖아."

핸드폰으로 경제 뉴스를 검색하고 있던 아버지에게 나의 적군이 된 엄마가 동맹 요청을 보냈다. 잘 알다시피 아버지는 늘 나를 신뢰하지 않는다. 어쩌면 자신을 존경하지 않는 사람 가운데 하나가 아들이라는 점이 마음에 들지 않아 믿지 않는 척하는지도 모르겠다. 스포츠카를 끝까지 쫓지 못한 과거를 아직도 내 탓으로 여기고 있는지도 모르고. 이유가 뭐든 아버지와 나의 관계가 좋지 않다는 사실만은 변함이 없다.

아무튼 아버지로부터 받은 스트레스를 아침 댓바람부터 구구절절 곱씹고 싶은 생각은 없으나 비난 공격을 받을 각오는 해 뒀다. 아버지가 우리 두 사람을 흘깃 보더니 찬찬히 입을 열었다.

"가볍게 만나 봐도 되지 않을까."

네? 방금 뭐라고 하신 거죠? 놀라서 입만 벙긋대는데, 엄마가 나보다 먼저 비명을 지르듯 말을 내뱉었다.

"뭐라고? 걔는 안 돼! 걔네 엄마가 얼마나 극성인지 당신도 겪어 봐서 알잖아. 위층 여자가 우리 제성이 기죽이려고 쫓아 내려온 것만 생각하면 아직도 자다가도 벌떡벌떡 일어난다고!"

"당신도 쫓아 올라가서 크게 한바탕했잖아."

"당신, 지금 누구 편이야?"

"아니, 그러니까 내 말은, 그 집 딸이 제성이한테 잘못한 건 아니니까 좋은 감정 있으면 잘 지내보는 것도 나쁘지 않다는 거지. 제성이도 이제 다 컸잖아."

내가 잘못 들은 게 아니다. 아버지가 진짜로, 정말로, 실제로 내 편을 들어 주고 있었다. 굉장히 충격적인 일이었다. 우리 관계는 주로 서로에 대한 분노를 바탕에 깔고 있었으니까. 아버지의 부에 대한 과시욕, 남에게만 너그러운 태도, 지나친 자기애, 아들이 잘못된 길로 들어설 거라는 확신, 허약한 아들에 대한 짜증, 아들이라고 부르지 않고 '네 녀석'이라고 부르는 말버릇, 다리를 쩍 벌리고 앉는 습관 등이 나는 견딜 수 없이 싫었다. 그렇게 우리는 형식적인 부자 관계를 이어 오고 있었다. 그랬는데, 이럴 수가. 우리 가족사에서 최초로 아버지가 내 편에 선 사건이 터지고 말았다.

엄마가 나에 대한 걱정을 부풀리며 아버지에게 노여움을 쏟아 내는 동안, 나는 대체 무엇이 아버지를 변하게 했을지 헤아려 봤다. 내가 인터뷰 때 말을 잘해서 마음에 들었을까? 아니면 나에게 치명적인 약점을 잡힌 게 있던가. 혹은 어제 벼락이라도 맞으셨나?

"엄마랑 얘기가 길어질 것 같으니까 다 먹었으면 먼저 학교 가라."

아버지가 대수롭지 않다는 듯 내게 윙크를 했다. 소름이 돋았다. 설마 아버지가 시한부인가? 사람이 갑자기 변하면 죽는다는데. 큰일이다. 나는 앞으로 어떻게 아버지를 대해야 하지?

"요즘 진종기 패거리는 좀 잠잠한 것 같던데 지낼 만해?"

덕환이의 질문에 번뜩 현실로 돌아왔다. 날 비스킷으로 만들겠다고 한창 동분서주하던 걸 두고 한 말이다.

전혀 잠잠하지 않다. 학폭에 걸리지 않을 선에서 꾸준히 날 건드리고 있다. 웃긴 건 지나가듯 던진 말 한마디에 패거리가 동요하고 있다는 사실이다.

"이런 설명까지 해 줘야 하나 싶은데, 누가 먼저 비스킷이 되는가 하는 내기 아니었어? 너희들이 날 들볶을수록 내 존재감은 반 애들한테 커질 수밖에 없어. 내가 어떻게 버티고, 변할지 궁금할 테니까."

이 멍청이들아. 이 말은 속으로 삼켰지만 표정에는 드러났나 보다. 꼴통 둘이 살벌하게 욕을 퍼붓다가 진종기가 반으로 들어오자 멈췄으니. 그 뒤로 자기들끼리 회의라도 했는지 비슷비슷한 패턴으로 괴롭히던 방식을 변형해 색다르게 시도하고 있다.

이건 좀 어이가 없어서 구체적으로 예를 들어 보겠다. 가령 내가 지나갈 때 안 보이는 것처럼 행동하는 식이다. 비스킷이 눈에 잘 안 보인다는 점에서 착안한 것 같다. 근데 타조도 아니고, 자기들 눈에 안 보이는 척한다고 내가 실제로 안 보일 리가 있나? 유치하다고 유치원생들도 안 할 법한 일이다. 또 다른 꺼벙한 짓도 있었는데, 내 병을 자극하려고 했는지 음악실에서 가지고 온 꽹과리를 교실에서 치다가 옆 반 담임에게 걸린 적도 있다. 컨디션에 따라 소리를 인식하는 정도가 달라진다는 정보도 없이 저지른 일 같은데, 그건 모른다고 쳐도 꽹과리 소리가 우리 반에서만 울릴 거라고 여긴 걸까. 그 어리석음에 헛웃음이 나왔다.

여하튼 몇 번 멍청한 짓거리를 하다가 요즘엔 시야를 넓혀 다른 아이들을 괴롭히는 데 더 시간을 쏟는 듯했다. 어쩌면 덕환이 말대로 추종자와 반추종자들이 서로 대립각을 세우며 자기들 대화에 날 끌어들이는 일이 많아지면서, 나라는 인간이 소외될 리 없다는 사실을 이제야 깨달았는지도 모른다. 이래서 어디서든 중심에 서는 일은 피곤하다. 물론 뭐, 그렇다고 괴롭히는 일이 아예 사라졌다고는 할 수 없지만.

배출 스티커를 다 붙인 수거품을 분리수거장 안으로 옮겨 두었다.

손을 털고 나오려는데 종이류 사이에서 펼쳐진 참고서가 눈에 들어왔다. 1학년 국어 과목이다. 표지에 쓰인 이름을 검은 펜으로 마구 덧칠해 놓았다. 하지만 허술하게 덧칠한 탓에 누구의 참고서인지 바로 알아볼 수 있었다.

이선동. 맞다. 내가 지켜 내려고 하는 그 비스킷.

종이류를 더 뒤적이니 다른 과목 교과서들도 나왔다. 이 정도면 이선동의 중간고사를 망쳐 버리겠다고 작정한 거다. 누가 버렸는지는 모르지만 상당히 악의적이네. 선동이의 안색이 어둡고 몸의 선이 뭉개진 듯 보인 원인이 괴롭힘이었나. 이때 처음으로 선동이를 조금 더 유심히 살펴야겠다고 생각했다. 누구에게 당하고 있는지, 왜 당하는지를. 교실로 돌아가면 돌려줘야겠다 싶어 참고서를 챙기는데, 효진이가 운동장 쪽을 보며 반갑게 외쳤다.

"어? 위인설!"

효진이가 인사하려고 들었던 손을 슬그머니 내렸다. 아이들이 인설이 옆을 지나가면서 어깨를 일부러 치는 모습을 봤기 때문이다. 비스킷이라 보이지 않아 실수한 게 아니라 명백히 악감정을 가지고 한 행동이다. 인설이가 어깨를 감싼 채 가만히 서 있자 아이들이 되돌아와 인설이를 둘러쌌다. 다음 전개는 안 봐도 훤하다. 예상대로 효진이가 앞뒤 생각 안 하고 괴성을 내지르며 뛰어나갔다.

"야! 동작 그만."

아이들이 일제히 효진이를 돌아봤다. 주눅 들어 있던 인설이의 눈동자가 커졌다. 아이들은 어이없다는 듯 "이래도 아니래?" 하면서 인설이를 비웃었다. 그 말에 내포된 의미를 추측해 보자면 효진이와의 관계에 대해 추궁했으나 인설이가 모르는 사이라고 잡아뗐을 것이다. 즉, 김효진이 무턱대고 뛰어나가선 안 되었다는 뜻이다.

"또 참견하려나 보네. 건방 떨지 말고 그냥 좀 꺼져 줄래?"

"왜 그래. 위인설 동정하러 왔나 보지."

아이들이 자기들끼리 웃었다. 아마도 이 무리가 인설이가 그토록 찬양하던 친구들인 듯했다. 친구 관계는 참 복잡하다. 거리를 좁혔다 싶으면 어느 순간 사소한 이유로 배로 늘어난다. 한번 마음을 닫으면 친구였던 과거는 깡그리 잊고 더욱 가혹하게 굴기도 한다. 지금 저 아이들에게 인설이의 부서진 마음 따위는 전혀 보이지 않을 것이다.

"친구를 이런 식으로 대하면 안 되지."

"자업자득. 무슨 뜻인 줄 알지? 혹시 못 알아들었나? 공부 못한다고 소문났던데, 진짠가 보네."

"누구한테 들었는지 모르겠지만, 정보가 소름 끼치도록 정확하네. 근데 자업자득이 무슨 뜻인지 정도는 알아. 왜 자업자득이라는

지 이해가 안 될 뿐이지. 내가 보기엔 애꿎은 사람을 잡도리하는 것처럼 보이거든."

다른 사람이라면 상처받았을 비아냥거림에도 효진이는 더없이 당당했다. 비록 공부는 못하지만 운동은 잘한다고 자신을 인정할 줄 아는 효진이가 이 정도 비난으로 기죽을 리 없다.

"네 궁금증은 쟤한테 직접 물어봐. 배신하고선 왜 피해자 코스프레를 하는지."

자기들이 할 말은 끝났다는 듯 무리가 돌아갔다. 효진이가 황당해하며 "거기 서. 말 안 끝났어!"라고 외쳐도 못 들은 척 돌아보지 않았다. 분위기가 어색하다. 괜찮냐고 묻는 효진이의 물음에 인설이가 도리어 성질을 냈다.

"나한테 대체 왜 그래?"

우물쭈물 입을 못 여는 효진이를 흘겨보다가 인설이가 무너지듯 주저앉아 무릎에 고개를 파묻고 울었다. 몸의 형태가 삽시간에 무너졌다. 색 바랜 등이 희끄무레하다. 참고서를 껴안고 있는 내게 바싹 붙으며 덕환이가 속삭였다.

"나만 지금 갑자기 안 보이는 거야?"

"나도 잘 안 보여."

친구들로부터 받은 모멸감에 더하여 멸시당하는 모습을 우리에게 들켜 자존심이 상한 인설이는 순식간에 1단계에서 2단계 비스킷으로 변하고 말았다.

우리 팀은 카페에서 비스킷 2단계가 된 인설이를 마주했다. 자신을 지키려는 마음이 조각나며 인설이는 여리게 깜박였다. 작은 변화가 연쇄적으로 영향을 미쳐 태풍을 몰고 온 나비 효과처럼, 그간 친구들과 있었던 일들이 결국 인설이의 마음을 무너뜨리고 말았다.

인설이에게 사과하러 간 효진이를 공교롭게도 아침 일찍 등교한 친구들이 봤다고 한다. 친구들은 비스킷이라고 자처하며 효진이에게 도와달라고 의뢰한 거냐고 인설이를 추궁했다. 비스킷이 되는 이유를 매스컴에서 자세히 다뤘기에 친구들도 무관심, 외로움, 고립감이 원인인 걸 알았다. 소외시키는 주변인에 의해 비스킷이 만들어진다는 것도. 자신들을 나쁜 사람으로 몰았다면서 친구들은 화를 냈다. 인설이는 솔직하게 말하면 상황이 더 악화될까 봐 아지트에 간 적 없다고 거짓말했다.

인설이가 어울리는 무리는 한 아이를 표적 삼아 뒤에서 흉보며 끈끈한 관계를 유지하고 있었다. 쟤는 잘난 체해서 역겹고, 얘는 예쁜 척해서 재수 없고, 걔는 착한 척해서 가증스럽고. 심지어 자기들이 싫어하는 아이돌을 좋아한다는 이유로 비꼬기도 했다. 이제 자신이 뒷담화의 타깃이 될까 전전긍긍하던 인설이는 자주 배탈이 났다.

양호실에 가는 횟수가 잦아졌다. 증상이 반복되자 담임에게 불려 갔다. 요즘 무슨 문제 있냐는 질문에 입이라도 떼는 순간 친구들과 앙금이 더 쌓일 거라 묵묵부답으로 일관했다. 담임은 그게 답답했던 지 친구들 중 하나를 상담실로 불러와 인설이에 대해 캐물었다. 아이들은 인설이가 담임을 찾아가 뭔가 얘기했다고 생각했고, 그 오해로 인설이는 거짓말쟁이에 고자질한 아이까지 되었다.

"너 때문에 오히려 사이만 나빠졌어. 너랑 엮이지만 않았으면 애들이랑 틀어질 일도 없었을 텐데."

구석으로 몰린 인설이는 그 모든 상황의 원흉으로 효진이를 지목했다. 자존감이 낮은 인설이가 1단계 비스킷에 계속 머물렀던 이유는 친구들이 자신을 일부러 따돌린 게 아니라는 믿음 때문이었다. 지독한 회피도 재주라면 재주다. 전혀 쓸데없는 재주.

"미안해. 내가 부주의했어."

덕환이가 슬쩍 흘린 대로 효진이가 진솔하게 사과했다. 아지트에서 일어난 일들을 들은 후, 덕환이는 비스킷이 왜 마음에 여유가 없는지 먼저 헤아려 보면 인설이에게 할 말이 자연스레 떠오를 거라고 효진이에게 조언했다. 혼자만 달린다고 상대가 따라올 수 있는 건 아니라고도. 손을 잡을 수 있을 때까지 기다려 주고, 손을 잡은 후에도 걷다가 서서히 달려야 같이 뛸 수 있다는 조언이 결국 인설이의 마음을 보듬어 주는 말로 되살아났다.

"뭐……. 꼭 다 네 탓이라는 건 아니야."

인설이가 민망한 듯 테이블을 내려다보며 효진이에게 말했다. 이건 진심일 것이다. 주변 반응에만 신경 쓰느라 정작 자신의 감정을 들여다보지 않는 인설이가 또 불편해지는 상황이 싫어 거짓말했다면, 다시 비스킷 1단계로 바뀌지는 못했을 테니까. 인설이의 얼굴은 조금 전보다 맑아 보였다. 웬일로 효진이도 비스킷 상태가 변한 걸 눈치챘다. 테이블 밑으로 몰래 손뼉을 치며 좋아하는 모습을 보니 알 수 있었다. 인설이가 두 손으로 따뜻한 머그잔을 감쌌다.

"저기……. 나 다시 애들이랑 어울릴 수 있을까?"

"관계가 회복되면 좋겠어?"

인설이가 머그잔을 만지작거리더니 솔직한 심정을 드러냈다.

"잘 모르겠어. 친구들을 잃고 싶지 않지만 이대로 괜찮을지……."

관계를 이어 가다 보면 관계의 중심에 설 때도 있고, 좀 밀려날 때도 있다. 관계는 이어지기만 하는 것도 아니다. 끊어지기도 하고 끊어 내기도 한다. 상대에 대한 존중을 잃은 관계라면 과감하게 벗어나는 편이 정신 건강에 좋다. 근데 이건 어디까지나 멀리서 바라보는 제삼자의 입장이겠지. 당사자인 인설이는 외톨이가 될까 봐 건강

하지 않은 관계라도 이어 가고 싶을 테니.

"즐거웠던 시간이 있을 텐데, 이런 일로 등 돌린다면 그 모든 추억이 깨지는 것 같을 거야. 만약 네가 오직 친구들에게 미움받지 않는 것에만 집중하고 있었다면 앞으로 속상한 일이 많이 생길 것 같기도 해. 그 친구들이 너한테 죄책감을 심어 주려고 하거나 가스라이팅을 할 수도 있거든. 네 말대로 친구들과 잘 지내기 위해서는 무엇보다 네가 걔들이랑 지내면서 행복했는지 돌아보는 것부터 시작해 보면 어떨까? 만약 어울릴 때 편하지 않았다면 앞으로도 그럴 테니까."

효진이는 아직 상담자 역할에 익숙하지 않아서인지 말투가 조금 부자연스러웠다. 다행히도 인설이는 별로 신경 쓰지 않는 눈치다. 더는 울지 않고 골똘히 생각에 빠진 걸 보니 관계를 돌아보는 듯했다.

이윽고 인설이가 한결 편안해진 표정으로 우리를 둘러보았다.

"나 있지, 마라탕 안 좋아해. 너무 맵고 자극적이야. 근데 맨날 그런 거 먹으러 가자고 해도 한 번도 싫다고 말 못 했어. 이제 내가 먹고 싶은 거 먹자고 하고 싶어. 걔들은 아마도 내 말을 안 들어줄 테지만. 나랑 취향이 비슷한 아이들도 있지 않을까?"

좋았어. 자신이 무엇을 원하는지 인지했으니 이제 출발선에 선 것이다. 후퇴한 게 아니다. 다른 출발선에 선 것뿐이다.

"넌 뭘 좋아하는데?"

내가 좋아하는 것들. 누가 뭐래도 저절로 마음이 가는 나의 취향. 인설이가 들려준 좋아하는 것들은 소소했으나 사랑스러웠다. 책을 읽거나 글을 쓸 때 즐거움을 느낀다고 고백할 때는 작게나마 자부심이 느껴지기도 했다. 인설이의 마음에 자신을 향한 믿음이 찰방찰방 소리 내며 물결치고 있었다.

"우리 반에 독서 리뷰 모임 하는 애들 있는 거 몰랐지? 걔들 한 달에 책 한 권씩 읽고 꾸준히 온라인에 리뷰 올려서 팔로워도 좀 돼. 아마도 모임에 들고 싶다고 하면 당장 북커버부터 같이 맞추자고 할걸."

덕환이의 말에 인설이가 "진짜? 누구?" 하며 관심을 보였다. 가까운 곳에서 취향이 비슷한 친구를 만들 수 있다면 예전 무리로부터 괴롭힘을 당하더라도 친구들에게 위안을 얻으면서 자신을 지킬 수 있을 것이다. 인설이는 리뷰 모임 멤버들이 마음에 드는지 연신 고개를 끄덕이며 덕환이의 설명을 들었다.

인설이가 독서 리뷰 모임에서 소소한 대화를 불편해하지 않고 나눴으면 좋겠다고 생각했다. 오늘은 급식이 맛있었어. 이 책은 진짜 재밌어. 내가 좋아하는 장르 책도 추천해 줄게. 다음 모임 끝나고 튀김 먹으러 가자. 이런 소소한 말들을 용기 내지 않고도 숨 쉬듯 말할 수 있는 아이가 되면 좋겠다.

"속상했는데, 너희들 덕분에 길이 보이는 것 같아. 다들 신경 써줘서 진짜 고마워."

자신을 존중하는 주변인들이 많을수록 상처받을 일은 훨씬 줄어들고 자존감은 높아지기 마련이다. 그 진리를 따라 인설이의 윤곽이 짙어지며 원래 모습으로 돌아왔다. 이상한 믿음으로 지어 놓은 벽을 스스로 허물겠다는 긍정적인 신호겠지.

"내가, 아니 우리가 더 고마워."

그 말을 내뱉는 효진이의 인중에 땀이 살짝 차 있다. 운동장에서 손끝으로 비스킷을 가리키며 시작된 일이 마무리되고 있다. 비스킷에서 벗어나게 해 주겠다며 큰소리치던 다짐이 우여곡절 끝에 이뤄졌으니 효진이도 배운 점이 많을 것이다. 뭐, 이쯤에서 겸손함을 되찾으면 더 좋고.

아무튼 자신을 내려놓고 비스킷의 마음을 먼저 헤아리느라고 고생했다, 내 어린이집 동창.

5
토닥거리는 소리

"안녕."

"안녕 못 하다."

"왜?"

"내가 왜 봉사 활동을 가야 하는지 전혀 모르겠으니까."

지하철역 앞에서 만난 덕환이를 향해 나는 불만이 있다는 표시로 후드를 당겨 썼다. 덕환이가 후드를 잡아 벗겼다.

"벌써 백 번은 말한 것 같은데, 네가 봉사 동아리이기 때문이지."

그렇다. 안타깝게도 까먹고 있었으나 나는 봉사 동아리였다. 학기 초에 덕환이가 봉사 활동이 생기부에 플러스가 될 거라고 하기에 별 생각 없이 선택한 것에 대한 업보로. 그때 나는 어차피 돌팔이 영감 병원에 들락거릴 터라 동아리 활동에 별로 관심이 없었다.

입원과 퇴원을 반복하는 동안에는 덕환이도 내게 봉사 활동을 권하지 않았다. 도주를 도와주고 후다닥 봉사 활동을 하러 갔듯이 혼자 다녔다는 말이다. 그런데 내가 병원을 바꾸고 입원하지 않을 거라는 사실을 안 순간부터 덕환이는 마치 매니저처럼 내 봉사 활동 스케줄을 챙겼다. 생기부는 자신이 책임져 주겠다면서. 하나도 고맙지 않은 덕환이의 배려를 차마 걷어차 버릴 순 없어서 오늘도 끌려가고 있다.

지하철 승강장에 서서 도망갈 타이밍을 재고 있는데, 건너편 스크린 도어에 머리를 박을 듯이 서 있는 익숙한 얼굴이 눈에 들어왔다. 이선동이었다. 선동이는 빛깔을 어딘가에 흘린 것처럼 몸이 흐렸지만 이때도 분명 비스킷 1단계였다.

며칠 전 선동이의 참고서를 분리수거장에 버린 범인들은 찾고 말고 할 것도 없이 제 발로 나타났다. 비스킷 카페에 가기 전에 가방을 가지러 교실에 갔다가 꼴통들이 떠벌리는 말을 들었다. 자기들끼리는 소곤거렸겠지만 내 귀에는 명백하게 잘 들렸다.

"이선동 참고서 버렸다고 종기가 나한테 욕하기로 했었나? 패는 시늉을 먼저 한댔나?"

"배에 주먹 넣을 테니까 연기 잘하라고 했잖아, 빙신아."

꼴통들이 낄낄거리며 웃어 댔다. 뭐지. 나한테 하듯 색다른 방식으로 괴롭히는 건가? 진종기가 정의를 구현하는 영웅 노릇이라도 하면서? 일부러 그런 수고를 들여 얻는 게 뭘까? 의문이 들었지만 일단 그날은 밖에서 기다리는 우리 팀이 있어서 선동이 책상 서랍에 참고서를 몰래 넣고 돌아섰다. 꼴통들이 다시 버릴 걸 우려해서 잘 간수하라는 쪽지를 함께 넣었다.

선동이는 맞은편에 도착한 지하철을 탔다. 그런데 같은 칸에 꼴통들이 보였다. 꼴통들이 지하철 칸에 막 들어선 선동이를 반기고 있다. 우연히 마주친 건가. 상황을 더 지켜보고 싶었는데 우리 쪽도 지하철이 들어와서 시야가 가려졌다. 아차차. 선동이에게 정신 팔린 탓에 도망갈 타이밍을 놓쳤다. 그렇게 속절없이 노예가 될 장소로 끌려가고 말았다.

오늘 봉사할 대상은 독거노인이다. 거동이 불편한 분들을 대신해 동네를 청소한 뒤에는 각자 배정된 집으로 가서 태풍을 대비해 집수리도 할 예정이란다.

"고딩이 뭔 집수리야. 그런 건 전문 업자에게 맡겨야지 뒤탈이 없는 법이라고. 아니면 아예 뒤탈을 만들어서 수리 평계로 계속 봉사 활동 점수를 높여 보자는 계획이 있는 거야?"

나의 빈정거림은 명예로운 봉사부원들에게 가닿지 않았다. 그들은 오늘을 위해 집수리 노하우까지 섭렵한 진짜들이었다. 이왕 온 거 열심히 해 보자는 덕환이와 한 조가 되어 한창 집게로 쓰레기를 줍고 있는데, 뽀글뽀글한 파마를 똑같이 한 할머니 세 분이 쭈뼛쭈뼛 다가왔다. 어른들이 아이들에게 주저하는 기색을 보일 때는 상당히 난처한 부탁을 할 거라고 보면 된다. "네? 제가 대체 왜요?" 하고 예의를 밥 말아 먹은 채 당돌하게 굴 인성이 아니라면 마음 단단히 먹고 부탁에 응할 수밖에 없다.

할머니들은 동네 골목에 귀신 들린 의자가 있다고 했다. 의자가 제풀에 움직이기도 하고, 의자에서 노랫소리도 들려온다는 것이다. 자신들은 심장이 약하니 대신 불길한 의자를 치워 달라는 부탁이었다. 공포 마니아가 전무한 봉사 동아리였던 터라 나서는 부원이 없어서, 동아리 부회장 덕환이와 내가 의자 치우기 당번에 당첨됐다.

"이럴 거면 봉사부가 아니라 아예 오컬트부라고 하지."

나의 빈정거림은 "힘내."라는 부원들의 따뜻한 응원에 묻혔다.

녹슨 대문 집 담벼락에 의자가 덩그러니 놓여 있었다. 오래 앉아 있으면 허리가 아플 것 같은, 등받이가 직각인 나무 의자다. 귀신도 주말 한낮에는 낮잠을 자고 있을 테니 지금이 나무 의자를 치울 적기이기는 하나, 그다지 내키지 않았다. 일단 나무 의자를 건드리면 부수거나 태우거나 부적이라도 붙여 쓰레기 소각장에 버려야 할 텐데, 부적도 없는 마당에 나무 의자 처리를 잘못해 우리에게 귀신이 들러붙으면 어떡하나 싶었다. 그러니 이럴 땐 선수 치는 편이 유리하다.

"유도 선수의 발차기로 한 번에 부숴야 한다."

내가 등을 밀었으나 덕환이는 꼼짝도 하지 않았다. 부원들 앞에서는 호기롭게 나서더니만, 소금을 든 채 얼어붙어 있기는 나랑 매한가지다. 소금은 할머니들이 의자를 치운 후에 뿌리라고 준 것이다. 덕환이가 애써 여유로운 척 나를 돌아봤다.

"가위바위보로 정할까?"

절대 싫다. 내가 류덕환한테 질 게 뻔하다. 서로 네가 가라고 떠밀다가 좋은 생각이 났다. 저세상 텐션으로 사는 김효진이라면 퇴마 의식에 귀신보다 먼저 눈 뒤집힐 것 같으니 불러 보자고 핸드폰을 꺼냈다.

그때 나무 의자가 드륵 소리를 내며 저절로 뒤로 밀려났다. 그리고는 허공에 들리며 등받이 방향이 바뀌더니 땅에 내려앉았다. 나왔다, 귀신!

나와 덕환이는 비명을 지르는 와중에도 귀신에게 해코지당하고 싶지 않아 나무 의자를 향해 손에 잡히는 대로 소금을 있는 힘껏 뿌렸다. 귀신아! 물러가라. 아니, 사라져라! 소금에 맞고 절여져라! 떠오르는 대로 퇴마 주문을 읊조리고 있는데, "에! 퉤퉤. 이게 뭐야."라는 소리가 나무 의자 쪽에서 들려왔다. 깜짝 놀라서 소금을 던지던 동작 그대로 멈췄다. 이번엔 거친 숨소리가 들린다.

비스킷은 눈에 잘 보이지 않아서 유령으로 취급되기도 한다고 내가 잘난 척하며 말한 적이 있던가. 아무도 없는 곳에서 으스스한 느낌을 받을 때는 대부분 주변에 비스킷이 있는 거라고. 넓디넓은 세상이니 유령이 존재할 수도 있지만, 내 앞에 있는 나무 의자에는 귀신이 들러붙지 않았다. 꼴사나운 모습을 보이고 말았으나 인정할 건 인정한다. 나와 덕환이가 귀신이라고 착각한 상대는 바로 2단계 비스킷이었다.

목소리와 숨소리를 인지하자 나무 의자 옆에 서서 몸을 털어 내고 있는 비스킷이 보였다. 옷감에 손이 마찰하는 소리가 더해지자 불투명한 유리를 투과한 듯했던 윤곽이 살아났다.

그렇게 고근원을 만났다.

근원이는 한국인 아버지와 베트남인 어머니 사이에서 태어난 아이다. 나이는 열네 살. 태어난 직후 부모님이 이혼하며 엄마와 줄곧 살아왔다. 연애로 한 결혼이지만 성격 차이는 극복하지 못했다는 짧은 말로 엄마는 이혼 배경을 설명했다고 한다.

아버지는 태어나 한 번도 본 적이 없다. 최근 8개월간 엄마도 본 적이 없다. 엄마는 베트남 사람과 연애하다 임신한 뒤, 결혼하기 위해 본국으로 돌아갔다. 근원이를 한국에 버려둔 채. 근원이는 늘 그랬듯 나무 의자에 오도카니 앉아 언제 돌아올지 모를 엄마를 기다렸다. 비스킷이 된 근원이를 알아보지 못한 노인들은 저절로 움직이고 흔들리는 의자를 보고 귀신이 들린 줄 알았던 것이다.

"여기서 혼자 살아? 밥은?"

녹슨 철문 안쪽을 넘겨다보자 을씨년스럽고 어두컴컴한 실내가 눈에 들어왔다. 근원이가 고개를 저었다. 어제도 종일 굶어 라면 살 돈을 모으기 위해 빈 병을 모아 봤지만 겨우 병 두 개만 얻었다고 혼잣말하듯 고백했다. 폐지 줍는 어르신들 구역이 있어 빈 병 모으기가 쉽지 않다면서.

"학교에서 급식 안 먹었어?"

"어제는 학교 안 갔어요."

"어제 '도'야, 어제 '는'이야? 무단결석 3일 하면 가정 방문 오는 건 알지?"

나무 의자 옆에 비스킷이 있다는 말을 들은 이후로도 한참을 "어디? 어디?" 하며 주변을 둘러보던 덕환이가 자꾸 희미해지는 근원이의 모습을 포착하려고 애쓰면서 물었다.

"어차피 집에 와도 아무도 없다는 거 아니까 담임 쌤도 더는 안 와요. 뭐, 가끔 연락이 오긴 하지만 전화는 수신 거부해 뒀고요."

"학교 가면 급식 나오잖아. 굶는 것보다는 나을 텐데, 왜 안 가?"

"……학교 가면 애들이 거지라고 놀려요. 그래서 가기 싫어요."

나이가 어려도 자존심은 있는 법. 학교에 가면 주린 배를 채울 수 있지만 배고픔을 택한 이유는 최소한의 품위를 지키고 싶은 마음 때문이다. 학교에 나가지 않는 다른 이유는 스스로 학교에서 존재감을 지우겠다는 의지일 수도 있겠다. 아무도 날 알은체하지 마라. 나는 내가 알아서 잘 살 테니까.

하지만 근원이는 선생님에게 연락이 왔나 체크할 만큼 관심을 원하고 있다. 아마도 선생님의 끊이지 않는 관심이 없었다면 근원이의 존재감은 더 쉽게 조각나 버렸을지도 모른다.

"그동안 끼니는 어떻게 해결한 거야?"

집을 보아하니 엄마가 남긴 돈도 많을 것 같지 않았다. 라면을 사기 위해 빈 병을 모았다는 말로 미루어 보아 돈이 있었다 쳐도 다 떨어졌을 만큼 시간이 흘렀다. 돈을 벌고 싶어도 열다섯 살 미만은 근로할 수 없다고 법으로 정해져 있어 형편이 안 됐을 것이다.

"원래는 3주 전까지 고깃집 주방에서 불판 닦는 알바를 했어요. 근데 사장 아저씨가 자꾸 저보고 불법 체류자라고 해서 관뒀어요."

생활비를 벌기 위해 불법 근로에 나선 근원이는 몇 달치 임금을 제대로 받지 못했다. 첫 두어 달은 제대로 임금이 나왔으나 점차 변명을 늘어놓으며 임금이 줄더니 마지막에는 돈을 아예 주지 않았다고 한다. 근원이를 보호해 줄 울타리가 없다는 걸 아는 악덕 업주가 불법 근로이니 신고해도 된다며 배 째라는 식으로 나온 것이다. 치사한 수법이다.

"사장 아저씨가 여긴 한국이라고, 한국 법 안 지키려면 너희 나라로 돌아가라는데, 저는 한국인인데 어디로 돌아가라는 건지……."

"요즘 이주 배경 가정은 흔하디흔한데, 무식하긴. 내가 다 무안하다."

근원이가 입술을 삐죽거리며 울상을 지었다.

"근데 사장 아저씨 말처럼 되면 좋겠어요. 그럼 엄마 있는 곳으로 갈 수 있잖아요. 뭐, 엄마 나라로 가도 똑같이 너희 나라로 돌아가라고 할지도 모르지만, 적어도…… 옆에 엄마는 있을 테니까."

"엄마랑 연락이 잘 안 돼?"

근원이는 엄마가 만들어 줬다는 나무 의자를 쓰다듬듯이 매만졌다. 근원이가 겨우 얼굴을 들었을 땐 눈물을 흘리고 있었다. 손등으로 마구 눈가를 문지르는 근원이의 몸이 어둠에 잠기듯 서서히 지워져 갔다. 눈물을 참으려고 깨문 잇새로 가냘픈 숨이 새어 나왔다.

'엄마, 보고 싶어. 언제 와.' 숨소리에 숨은 말들이 귓가에 생생하게 울렸다. 모든 소리를 덮어 버릴 만큼.

"이래 봬도 내 명의로 된 체크 카드가 있거든. 엄마가 베트남 어디 사셔? 하노이? 방콕? 방콕은 태국 수도구나. 아무튼 당장 항공권 정도는 내가 살 수 있어. 말만 해."

가슴을 주먹으로 두드리며 자신만만하게 내뱉은 내 제안에 덕환이가 아주 오랜만에 한심하다는 표정을 지었다. 그래도 근원이는 나의 통 큰 제안을 심각하게 고민해 주었다. 한참 생각에 잠겼던 근원이가 퉁퉁 부은 눈으로 날 쳐다봤다.

"베트남 안 가고 집에 있을래요."

"엄마가 언제 돌아오실 줄 알고?"

"엇갈리면 어떻게 해요. 그리고 여긴 엄마랑 내가 사는 우리 집인데 내가 지켜야죠."

근원이는 당장이라도 다시 울음을 터뜨릴 것만 같았다. 그런데도 의젓하게 꾹 참고 있다. 비스킷 3단계까지 가지 않은 건 언젠가 엄마가 돌아올 거라고 믿고 있기 때문인 듯했다. 배고픔까지 참아 가면서⋯⋯. 우선 근원이에게 뭘 좀 먹이면 좋을 것 같았다.

"알바 천재 고근원, 지금 바쁜가? 바빠도 우리 좀 도와줄래? 지금 중요한 일을 하고 있거든. 네 도움이 필요해."

끝나면 피자를 사 주겠다는 사탕발림에 근원이가 집수리에 동참했다. 처음에는 움츠린 자세였으나 점차 움직임이 커졌다. 손재주가 뛰어난 편이라 내가 버벅대는 일을 나서서 마무리해 주기까지 했다.

"끝내주는 재능 덕에 일이 금방 끝나겠다."

칭찬이 이어질수록 근원이의 몸이 선명해졌다. 인정받고 있다는 뿌듯함이 마음에 불을 켰는지 근원이는 금세 비스킷 1단계로 바뀌었다.

"야무진 일꾼들에게 맛있는 밥을 차려 줘야겠구나."

오랜만에 누군가를 위해 음식을 차리는 집주인 할머니의 움직임이 들떠 보였다. 서랍 깊숙이 넣어 둔 은수저까지 내줄 정도였다. 따뜻한 밥상이 피자보다 마음에 들었는지 근원이는 빨리 식탁에 앉고 싶어 했다. 그런데 밥이 세 공기뿐이다. 할머니는 우리가 집을 수리하는 동안 목소리를 듣고 있긴 했으나 아직 비스킷인 근원이는 보이지 않는 모양이었다.

"제성이랑 저보다 근원이한테 밥을 많이 퍼 주세요. 아까 전등 교체한다고 고생했거든요."

나무 의자에 앉아 우리와 대화하면서 근원이는 자신이 비스킷이 되었기에 마을 어른들이 의자에 대해 오해하고 있었다는 걸 알게 되었다. 비스킷이 된 것까지는 잘 이해했지만, 사람들이 자신에게 거부감을 느껴 비스킷이 되었다고 생각했다. 예상대로 근원이가 시무룩해하며 수저를 내려놓았다.

"내가 눈이 나빠서 미안하구나. 나이 들면 어쩔 수 없이 노안이 오니까 네가 이해해 주렴. 사과의 의미로 근원이에게는 특별히 밥에 계란프라이를 얹어 줘야겠다."

할머니는 근원이의 마음이 다치지 않도록 배려했다. 그건 밥을 챙겨 주지 못한 것에 대한 사과였을 뿐 아니라, 독거노인 비율이 높은 이 마을에서 근원이가 쌓아 갈 불필요한 오해까지 풀 수 있는 말이었다. 자신을 거부해서, 무시해서 안 보이는 척한 게 아니라는 걸 깨달았으니 더는 이 동네에서 소외감을 느끼지 않을 수 있다. 이런 배려가 바로 어른의 지혜라는 건가.

밥을 먹으며 자연스레 화제가 근원이에게 향했다. 할머니는 이웃에 사는 한 부모 가족을 알고 있었다. 근원이가 엄마와 함께 베트남으로 떠난 줄 알았던 터라, 그동안 살아온 이야기를 들으며 할머니는 연신 근원이의 등을 쓸며 안타까워했다. 우리는 근원이 엄마에 대해서는 말을 아꼈다. 자식을 한국에 두고 베트남으로 홀로 떠날 수밖에 없었던 속사정을 속속들이 알지 못하는 이상, 근원이의 어머니를 함부로 비난해서는 안 되었다.

"이웃으로 살면서 한 번을 들여다보지 못했네. 그간 얼마나 배가 고팠겠니. 밥 많다. 더 먹어라."

할머니는 냉장고에 넣어 두고 먹으라면서 근원이에게 이것저것 반찬을 싸 줬다. 그러곤 머플러를 두르며 외출할 준비를 했다.

"내친김에 사장 놈 얼굴 한번 봐야겠다."

저녁 영업을 준비하는 고깃집 근처에서 얼룩진 앞치마를 두른 사장이 담배를 피우고 있었다. 할머니가 코를 움켜쥐고 사장 앞에 당당히 섰다.

"당신이 이 식당 주인이오?"

손님이라고 생각했는지 사장이 바닥에 담배를 비벼 껐다.

"아직 영업 전입니다. 브레이크 타임 끝나면 오세요."

"고근원이라고 여기서 일했지요? 그 아이 밀린 임금 받으러 왔수다."

사장이 누런 이를 드러내며 침을 뱉었다. 일단 기선 제압을 하려면 침을 뱉는 게 국룰인가. 왜 다들 더럽게 침을 뱉고 난리야.

"당신 누군데?"

할머니가 뒤에 서 있던 근원이의 손을 힘껏 움켜잡곤 번쩍 들어 올렸다.

"내가 이 아이, 고근원이 보호자요."

사장 어깨가 움찔했다. 아마도 진짜 할머니라고 여긴 듯했다. 그렇지만 괜히 악덕 업주라는 타이틀을 부여받는 게 아니다. 악덕 업주로서 갈고닦아 온 경력이 있는 만큼 곧바로 태세를 전환하며 큰 목소리로 덤벼들었다.

"친할머니가 와도 난 돈 못 줘. 열다섯 살 미만은 일하면 안 되는 거 몰라?"

"임금 체불로 신고해야 말을 듣겠소?"

"뭐? 신고? 요즘은 개나 소나 다 신고래. 그래, 신고해. 그깟 벌금 물면 되지. 그리고 신고는 나라고 못 할 줄 알아? 아동 학대로 나도 신고해 버리면 돼. 애를 몇 달 동안 방치해 놓고선 이제 와서 보호자 노릇을 하려고? 당신도 애를 이용해 먹을 수작인 거지. 내가 둘이 얌전히 살도록 가만 놔두나 봐라. 그러니까 무서운 거 없으면 신고해."

어떻게 하면 이런 실망스러운 어른이 되는 걸까. 근원이를 협박했을 모습이 눈에 훤히 그려져 나도 모르게 한숨이 나왔다.

할머니가 더 나서려고 했으나 근원이가 말렸다. 정말 신고당하면 잃을 것이 많은 쪽은 약자인 근원이다. 엄마가 돌아오지 못할지도 모르고, 기관에 맡겨질 수도 있다. 최악은 집에서 쫓겨날 수도 있다는 거였다.

그날은 그렇게 소득 없이 끝나는 줄 알았다. 밤늦도록 천둥 번개가 치지 않았다면.

요즘 엄마 기분처럼 우르르 쾅쾅 날씨가 요동치는 중에 전화 한 통이 걸려 왔다. 발신자는 고근원. 말은 없고 숨소리만 들렸다. 전화는 아무 말 없이 금세 끊겼다.

나는 시간을 확인하고 방수가 되는 바람막이 점퍼를 주섬주섬 껴입었다. 다른 때였더라면 전화를 잘못 걸었나 보다 하고 넘겼을 것이다. 그렇지만 이제는 소리에서, 특히 숨소리에서 감정이 전해져 온다는 확신이 생기려던 참이다. 근원이는 떨고 있다. 흘러나오는 호흡에 두려운 마음이 실려 있었다.

앱으로 택시를 부른 뒤 거실로 나가자 홈쇼핑을 보다 말고 엄마가 돌아봤다.

"11시 안 됐는데, 오늘은 일찍 나가네. 걔가 태풍 와서 일찍 보재?"

헉! 11시에 지안이를 만나러 가는 걸 알고 계셨구나. 역시 엄마들은 모든 걸 꿰고 있나 보다.

"지안이 보러 가는 거 아니에요."

"내 아들이지만 아주 열부 났다. 태풍이 몰아치는데도 나가다니. 튼튼한 우산이나 가져가."

최근 새로운 사실을 알게 되었는데, 화가 난 엄마는 비꼬기의 달인이 된다. 발레만으로는 아들의 연애에 대한 분노를 날릴 수 없었던 엄마는 다시 홈쇼핑에 발을 들였다. 거실에 쌓인 택배 상자는 내가 사들이도록 한 것과 마찬가지라서 죄책감을 느끼며 가장 튼튼한 우산을 챙겨서 나갔다.

번개가 한강 위 하늘을 가르고 있다. 천둥소리에 귀가 먹먹해져 유선 이어폰을 꽂고 클래식을 들었다. 근원이네 동네는 정전이 되어 칠흑같이 어두웠다. 최대한 가까운 곳에서 내렸지만 얼마 가지도 않아 비에 흠뻑 젖고 말았다. 집 앞에 나뒹굴고 있는 나무 의자를 챙겨 들고 대문 안으로 들어갔다.

방문을 열자 어둠 속에 앉아 방바닥을 두드리는 할머니가 먼저 보였다. 훌쩍이는 소리를 좇아 보니 근원이는 맞은편에서 웅크리고 있었다. 마치 어둠이 계속 덧칠하듯 근원이는 다시 비스킷 2단계가 되어 있었다. 어찌 된 일인지를 물었더니 할머니가 30분 전에 정전이 되었다고 설명해 주셨다.

"혼자 살 때는 이런 날 덜컥 무서워지잖니. 하늘은 울고, 온통 깜깜하니 세상에 혼자 남겨졌다는 사실이 크게 다가오지. 다 늙은 나도 이런데 불 꺼진 방에 혼자 있을 아이는 오죽할까 싶어서 걱정돼 와 봤다. 그런데 내가 엄만 줄 알았던 모양이더라. 인기척에 반갑게 뛰어나왔는데 나여서 실망했던 거지."

엄마가 떠난 뒤 처음으로 집 마당에서 들려온 기척에 기대를 걸었나 보다. 어둠이 무서워 내게 전화를 했을 정도이니, 안심했던 마음이 배신감으로 뒤바뀌며 그동안 애써 눌러 온 여러 감정마저 건드렸을 것이다. 할머니는 토라진 등을 어루만져 주고 싶어도 비스킷인 근원이가 보이지 않았을 테고. 대신 자신이 곁에 있다는 표시로 바닥을 두드리고 있었던 모양이다. 너는 혼자가 아니라는 마음을 전하며.

여러 번 비스킷을 만나며 상담의 베테랑으로 거듭난 나지만, 이럴 때 뭐라고 위로해야 좋을지 알 수가 없었다.

"엄마가, 엄마가, 나 같은 거 잊어버렸으면 어떡해요. 새로 태어난 아기한테 푹 빠져서 거기서 다시는 안 돌아오면. 내가 속 썩여서 더는 싫다고 안 오면 어떡해요. 나 진짜 무서워요. 엄마가 안 돌아올까 봐, 무서워……."

홀로 버려진 일을 해석하기 위해서는 이유가 필요했을 것이다. 조금이라도 원망하면 엄마가 돌아오지 않을 것만 같았을 테고. 그래서 차라리 자기를 탓했으리라. 영원히 혼자 남을 것 같은 두려운 마음과 매일같이 싸우면서.

그런데 엄마가 돌아오는 것 외에 해결책이 있을까. 내가 대답을 궁리하는 동안 할머니는 목소리가 들리는 쪽으로 손을 뻗어 근원이의 손을 다정하게 잡아 주었다.

"네가 잘못한 건 전혀 없단다. 네 탓을 하며 자책하지 말거라."

할머니는 오랫동안 근원이의 손을 쓰다듬으며 달래 주었다. 근원이가 점차 안정을 찾자 할머니는 이불을 폈다.

"오늘은 같이 있어 줄 테니 어서 자거라. 자고 일어나면 할머니 집에 가서 아침밥을 같이 먹자. 엄마가 돌아올 때까지 함께 밥 먹고, 드라마 보고, 때론 서로에게 등도 좀 보이면서 살아도 좋고."

뜻밖의 말에 근원이는 한동안 말이 없었다. 열네 살이면 천지 분간 못 하는 어린아이가 아니므로 할머니의 제안에 담긴 의미를 헤아리고 있는 듯했다. 악덕 업주에게 시달리고 주변의 멸시를 받으며 사람을 쉽게 믿을 수 없다는 사실을 깨달은 뒤였으니 생각이 많을 것이다.

"왜 할머니가 절 돌보려는 건데요? 할머니는 제 가족도 아니잖아요."

"같은 동네에 살고, 집도 이렇게나 가깝고. 이웃사촌이라는 말도 있는데, 가족처럼 지내는 게 뭐 어떠니."

"저는 돈도 없어요. 아무짝에도 쓸모가 없어서 밥만 축낼 텐데요."

"넌 지금 속상한 일투성이라 잘 모르겠지만 할머니 눈에는 보인

단다. 네가 세상에 꼭 필요한 사람이라는 것이. 오늘만 해도 할머니 집을 얼마나 잘 고쳐 줬니. 다 네가 한 거야."

진정성 있는 울림이 할머니의 말에서 묻어났다. 조금 선명해진 근원이가 웃음을 띤 채로 조금은 울 듯이 할머니를 바라보았다.

"진짜…… 진짜 같이 지내도 돼요?"

"당연하지. 대신 하나만 약속해 줄래? 내가 널 알아보지 못하는 것 같으면 언제든, 몇 번이든 이렇게 말하는 거야. '할머니, 나 여기 있어요.'라고. 한번 말해 볼래?"

"할머니! 나 여기 있어요."

"잘했어. 그렇게 계속 말하면 내가 아무리 눈이 나빠도 널 알아볼 수 있어. 그러니까 꼭 말해 주렴. 알겠지?"

입 밖으로 말한 자신의 존재에 대한 긍정에 힘을 얻은 건지, 할머니가 꽉 잡은 근원이의 두 손이 또렷해졌다. 그렇게 근원이는 비스킷에서 완전히 벗어났다. 혼자인 줄 알았던 세상에서 곁을 내어 주고 온기를 나눠 줄 어른이 있어서 근원이는 이제 비스킷이 아닌 그저 고근원이었다. 그 증명에 화답하듯 전기가 들어와 방이 환해졌다. 근원이의 온전한 모습을 그제야 처음 본 할머니가 눈가에 주름이 지도록 활짝 웃었다.

"참 잘생긴 동거인이 생겨서 좋구나."

내가 아닌 근원이를 보고 한 말이지만 인정하기로 했다. 근원이는 내 눈에도 썩 보기 좋았으니까.

드렁거리는 소리

"청소년들은 부당한 일을 당해도 신고 절차를 몰라 신고하지 못하는 경우가 많아. 잘 찾아왔어."

가장 큰 사이즈 발레복을 주문 제작까지 하며 발레에 몸담고 있는 발레계의 거대 샛별, 이모를 만나 근원이의 임금 체불 문제를 상의했다. 인류의 미래를 책임질 청소년답게 합법적으로 악덕 업주와 결판을 내기로 마음먹었기 때문이다. 이모는 내가 선물로 사 온 두바이 초콜릿을 먹으며 근원이에게 이런저런 질문을 던졌다. 엄마처럼 깨작거리지 않는 시원한 먹방을 보고 싶어 일부러 건넨 선물이다. 흐뭇하게도 나의 정성이 빛을 발하고 있다.

이모는 고깃집 사장이 임금 체불, 최저 임금 미지급, 근로 계약서

미작성, 부당 해고 등등을 위반해서 근로 기준법에 따라 법률적 보호가 가능하며 분쟁 신청을 할 수 있다고 설명했다. 밀린 월급을 받아 낼 수 있을까 해서 왔는데 불법적인 사항을 척척 더 찾아내는 전문성을 보니 괜히 희열이 느껴진다. 거기에는 고소한 기분도 포함돼 있다.

다만 근원이는 열네 살이라 취직 인허증을 발급받지 않은 부분이 문제였다. 청소년 근로 권익 보호 조치라는데, 발급이 어려웠던 이유를 소명하는 서류를 준비해야 한다며 이모가 연락을 주면 다시 만나기로 약속했다.

그사이 나는 코앞에 닥친 현실을 무사히 넘겨야 했다. 그건 바로 중간고사. 이번에는 기필코 최고 성적을 내야 할 여러 압박이 있었다. 가장 큰 이유는 저기압 상태에 있는 엄마에게 구박당할 빌미를 주지 않는 것. 성적이 그대로거나 떨어질 경우 "그거 봐, 연애하더니만 성적이 이 모양이잖아."라는 잔소리 지옥에 갇히고 말 것이다.

또 다른 이유는 진종기에게 내가 어떤 인간인지 보여 주고 싶은 욕구였다. 물론 내가 진종기 따위를 신경 쓴다는 건 절대 아니다. 정말이다. 단지 나는 학교 애들을 골고루 업신여기며 이 세상이 자기 발밑에 있다고 착각하는 진종기에게 너보다 잘났지만 겸손한 인간이 존재한다는 사실을 증명하고 싶을 뿐. 쪼잔해 보일지 몰라도 진종기 코앞에서 뻐길 생각에 나는 전의에 휩싸여 벼락치기 공부에 돌입했다.

당연히 나의 어린이집 동창들이 함께했다. 효진이는 방해 카드라 사실 버리고 싶었으나 덕환이를 끌어들이려면 어쩔 수가 없다. 덕환이가 시험 예상 문제를 미리 뽑아 두는 이유도 효진이가 꼴찌를 면하길 바라는 마음 때문이니까. 그래 봤자 문제 자체를 이해 못 하는 김효진에게는 별 도움이 안 되지만.

"후우! 괴물 같은 시험은 대체 언제까지 봐야 하는 거지? 최종 보스 수능이 끝나면 미션 클리어로 끝나려나."

그 많은 시험 분량을 단시간에 마스터하겠다는 효진이의 패기는 문제집을 펼친 지 20분 만에 소멸했다. 하긴 지난 후각 훈련 때 이미 중간고사 결과를 예견했으니 공부해 봤자 시험을 망칠 거라는 자각은 있을 것이다.

"서울 상위권 대학 경영학과를 위해 재수의 길로 들어설 테니 미션은 계속되겠지."

효진이가 내 등을 탁 때렸다. 내가 반격하려는 찰나, 덕환이가 안경을 벗고 미간을 지그시 눌렀다. 우리의 왕자님을 화나게 해서는 안 되지. 왕자님의 손을 잡고 전교 순위권에 입성하겠다는 나의 포부를 말해 주려는데, 덕환이가 먼저 의외의 말을 꺼냈다. 요즘 자신의 소문을 들었냐면서.

효진이가 무릎걸음으로 거의 덕환이 코앞까지 갔다. 영화였다면 눈이 마주친 두 사람이 입맞춤하는 전개로 나아갔을 테지만, 그런 일은 일어나지 않았다. 효진이가 흥미진진한 표정으로 무슨 소문인지 어서 말하라며 뺨을 꼬집었다. 덕환이는 아프지도 않은지 멍한 표정으로 뺨을 누르다가 문득 정신을 차렸다.

"내가 시험지를 빼돌려서 전교 석차 3위 안에 드는 거래. 시험지 빼돌리는 장면을 누가 봤대."

효진이가 흥미가 떨어졌다는 듯 허리 스트레칭을 시작했다.

"난 또 뭐라고. 그냥 헛소리잖아. 신경 쓰지 마."

"믿는 애들도 있는 눈치야. 이번에는 언제 빼돌릴 거냐고, 빼냈으면 공유 좀 하자고 하더라."

"나보다는 낫네. 나는 전교 꼴찌라고 소문나서 반 애들한테 시험 범위 좀 알려 달라고 했더니 다들 웃고 말더라. 비록 우리 반 하위권이긴 하다만 꼴찌는 아닌데."

"꼴찌 아니었어? 그새 등수 많이 올랐네."

"한두 과목은 이래 봬도 상위권이거든."

덕환이가 쓴웃음을 짓더니 한숨을 쉬었다. 그런데 덕환이의 숨소리에서 지난번처럼 자기 비하가 느껴졌다. 분명 윤곽도 선명하고 빛

깔도 밝다. 비스킷이 아닌데, 왜 자꾸 덕환이에게 부정적인 감정이 엿보이는 걸까. 이상하다.

"누가 일부러 소문내고 다니나? 시험 전에 의지를 확 꺾어 놓으려고."

"내 귀에는 그 말이 노력하지 않고 포기하겠다는 말처럼 들린다. 후각 특훈 때처럼."

"넘겨짚지 마. 이 누나는 아직 아무것도 포기하지 않았거든."

효진이가 내 팔을 잡아당겼다. 내 비명에도 아랑곳없이 스트레칭을 억지로 시켰다. 이래서 김효진이 방해 카드라는 거다. 이 와중에 덕환이는 바통을 터치해 달라는 나의 간곡한 부탁을 거절하며 인강을 틀었다. 의리 없는 녀석. 효진이가 놓아 준 후에도 놀란 근육을 달래며 한참 끙끙댄 뒤에야 다시 벼락치기 공부에 돌입할 수 있었다.

어찌저찌 시험이 끝났다. 결과는 어땠냐고? 나만 대차게 망했다.

효진이는 알바를 그만둔 보람이 있다면서 성적이 올랐다고 신나했다. 덕환이는 평소랑 비슷했고. 신이 있다면 내가 노력하는 순간 눈 감고 졸았나 보다. 그러니 나같이 복을 받아 마땅한 인간에게 이런 시련을 주지. 성적이 나올 때까지 잠깐이나마 평화를 얻고자 엄마에게는 시험을 잘 봤다고 둘러댔다.

시험 결과만큼 김빠지는 일도 있었다. 선동이에 대한 일이다. 내 예측과 달리 선동이는 진종기 패거리 중 한 명이었다. 참고서 일도 있고 해서 무사히 시험을 치르고 있나 지켜봤는데, 진종기 패거리와 같이 있는 장면이 자주 눈에 들어왔다. 주로 시험 전이나 후에 눈에 띄지 않는 장소로 몰려갔으나 괴롭히는 상황도 아니었다. 시청각실에서, 과학실에서, 음악실에서 나올 때마다 선동이 어깨에 손을 두르고는 잘 만들었다고 칭찬했으니까. 그러면 선동이도 어색하게 웃었다.

그런 고로 선동이는 내 관심 밖으로 밀려났다. 종기에게 충성을 맹세한 몇 번째 꼴통인지는 모르겠지만 첫 번째든 백 번째든 꼴통인 건 매한가지니까. 모든 비스킷을 평등하게 대해야 하는 거 아니냐고? 이미 말했듯 학교에 비스킷 1단계는 많다. 이때는 자세한 사정을 몰랐기에 선동이도 수많은 1단계 비스킷 중 한 명이라고 생각했다.

아무튼 이때쯤 가장 마음이 쓰인 비스킷은 근원이었다. 이모와의 약속으로 지하철역 앞에서 만난 근원이는 며칠 사이에 또다시 비스킷 1단계가 되어 있었다.

"형! 베트남 가 봤어요?"

근원이 엄마는 호찌민에서 차로 세 시간이나 걸리는 동네에 산다고 한다. 베트남 관광지는 가족 여행으로 두 번 가 봤으나 근원이가 듣고 싶은 얘기는 관광 소감이 아닐 것 같았다. 엄마와 함께 떠난 베트남 국적 아저씨는 근원이를 가족으로 받아들이지 않는다고 했다. 그러니 놔두고 떠났을 테지. 베트남에 가고 싶냐는 되물음에 근원이가 땅바닥을 툭툭 찼다.

"베트남은 덥대요. 저는 더운 건 못 참아요."

베트남에 가 봤자 엄마가 반길 리 없는 현실을 근원이도 어렴풋하게나마 느끼고 있었다. 구박을 각오하고라도 만나러 가겠다면 내 통장을 깨서라도 보내 주겠지만, 문전박대를 받으러 굳이 가지는 않았으면 하는 게 내 솔직한 심정이었다.

어느새 고깃집 앞에 도착했지만 이모는 아직 오지 않았다. 주변을 두리번거리다가 악덕 업주와 눈이 마주쳤다. 노기를 띤 채 악덕 업주가 고깃집에서 나왔다.

"잘 만났다. 네가 신고했지? 불법 체류자 새끼한테 뭔 권리가 있다고 신고를 해?"

반성까지 바란 건 아니다. 그래도 정신은 차릴 줄 알았는데 실망이다. 겁먹은 근원이가 내 뒤로 숨자 속 깊이 눌러 뒀던 비꼬는 말이 불쑥 튀어나왔다.

"지구에 불법 체류하는 건 아저씨 같은데요. 어느 별에서 오셨어요? 그 별은 막 모욕적인 말을 주고받고 차별하는 문화가 있는 곳인가 봐요. 이해해요. 외계에서 배운 게 막돼먹은 것뿐이니 자연스럽게 외계어가 나오겠죠. 근데 대한민국 국적인 사람한테 불법 체류자라고 하면 지구에 몰래 숨어든 거 금방 들켜요. 조심하세요.”

“뭐? 이 새끼가 어른한테 건방지게!”

악덕 업주가 분을 못 이기고 내 뺨을 후려갈기려던 순간, 홀연히 나타난 이모가 악덕 업주의 손목을 붙잡았다.

“선생님, 어른이라면 대화로 풀어 가셔야죠. 다짜고짜 폭행을 시도하시다뇨.”

“당신은 또 뭐야? 이거 안 놔?”

“조사관입니다. 일전에 찾아뵙겠다고 연락 드렸죠? 놓으면 진정하시겠어요?”

우리의 조력자인 이모는 조사 내내 예의 있지만 사무적인 태도로 일관했다. 불법 사항을 요모조모 짚을 때마다 악덕 업주는 굉장히 억울하다는 듯 한참 동안 변명을 주절댔다. 이렇게 또 옛말이 틀리지 않다는 걸 몸소 보여 주신다. 핑계 없는 무덤 없다는 말.

순탄하지는 않았으나 오랜 조정 끝에 마침내 합의를 이끌어 밀린 임금을 받아 냈다. 물론 다른 불법 사항은 금융 치료로 처치할 것이다. 역시 이모는 덩치만큼 믿음직하다.

이모 덕분에 근원이는 자립 프로그램을 통해 생필품 지원과 정신 건강 지원도 받게 되었다. 근원이가 양육자인 엄마와 떨어져 지내는 상황 때문에 정신 건강 쪽이 지원됐다. 이모가 백방으로 뛰어 겨우 연락이 닿은 근원이 엄마는 한 부모 가족으로 홀로 자식을 키운 자신의 수고에 대해서만 늘어놓았다고 한다. 통화 말미에는 자신에게 연락할 시간에 친부를 찾으라고 덧붙였다. 근원이는 아직 이 사실을 모른다. 가족의 방임과 사회적 무관심으로 비스킷 2단계가 되었던 만큼, 마음이 조금 더 튼튼해질 때까지 엄마의 소식은 묻어 둘 계획이란다.

"우리 조카, 엄마랑 요즘 냉랭해졌다며?"

엄마가 그새 이모한테 일렀나 보다. 치사하다. 난 엄마에 대한 불만을 애들한테 하나도 말 안 했는데. 내가 딴청을 부리자 이모가 내 어깨를 툭 쳤다.

"이모는 우리 잘생긴 조카가 엄마한테 조금만 더 다정하게 대해 주면 좋겠어. 다른 사람도 아니고 엄마잖아."

"그러려고 하다가도 내 얼굴 보자마자 튀어나오는 잔소리에 말이 쏙 들어가요."

"지금 되게 복에 겨운 소리 한 거 알아? 잔소리 듣고 싶어도 듣지 못하는 사람이 앞에 있잖아."

멀리 서서 대화가 끝나길 기다리고 있는 근원이를 바라봤다. 이모가 배를 씰룩대며 크게 웃음을 터뜨렸다.

"근원이 말고, 나 말이야. 근원이 부모님은 멀쩡히 살아 있는데 왜 죽은 사람을 만들어. 살아 있으면 언젠가는 관계도 변하기 마련이야. 그러니까 근원이 걱정은 하지 말고, 엄마가 하는 잔소리를 사랑한다는 말로 바꿔 듣는 노력이나 해 봐. 처음엔 잘 안 되겠지만 열 번에 한 번만 그렇게 바꿔 들어도 오해는 덜할 거야."

나는 단련된 미소를 지으며 알겠다고 씩씩하게 대답했다. 그래야만 불편한 상황에서 빨리 벗어날 수 있으니까. 이모는 내 마음을 꿰뚫어 본 듯했으나 말을 보태지는 않았다. 이래서 이모가 좋다.

이모와 근원이는 자립 프로그램을 함께할 할머니를 만나러 가기로 했다. 우리는 공용 주차장에서 헤어졌다. 차에 타기 전에 근원이가 쭈뼛대며 나를 불렀다.

"형! 센터에 가면 베트남어 배울 수 있는지 물어봐도 될까요?"

"베트남어 배우고 싶어?"

"엄마가 밤에 울면서 하던 말들이 있거든요. 그때는 하나도 못 알아들었지만, 그쪽 언어를 배우면 엄마가 그때 왜 울었는지 알 수 있을 것 같아서요. 그리고 엄마한테 편지를 쓸 수도 있고요."

근원이는 어쩌면 엄마를 생각하면서 자존감을 키울지도 모르겠다. 자존감은 자신을 존중하는 마음이고, 그 마음은 내가 아닌 다른 사람을 돌아보며 깊어질 수도 있으니까.

베트남어 강좌에서 하나씩 배우게 될 엄마의 마음들 그리고 자신의 마음들. 쓸쓸하고 애틋한 마음들이 모여 자신의 마음을 단단하게 떠받치면 근원이는 철이 들 것이다. 근원이가 철드는 시간을 놓치게 될 엄마는 분명 나중에 후회할 테고. 시간이 너무 많이 흐르기 전에 근원이 엄마가 돌아오면 좋겠다.

이모가 라디오 버튼을 누르자 음악이 시끄럽게 흘러나왔다. 드렁드렁하는 엔진 소리를 내며 이모 차가 출발했다. 근원이가 창문을 열고 손을 흔들었다. 짜식, 방정맞게 손을 흔들긴. 나도 차가 시야에서 사라질 때까지 손을 마주 흔들어 주었다.

늦었다. 희원이 퇴원 기념으로 병원에서 애들을 만나 축하해 주기로 했는데. 희원이 생일 파티 때처럼 또 나만 괴상한 의상을 받으면 곤란하다.

양희원. 희원이의 정식 이름이다. 희원이가 이름을 마음에 들어 해 아동 복지 기관과 상의 끝에 그대로 이름을 쓰기로 했다. 건강도 회복했고, 주민 등록 번호를 부여받아 생일도 생겼다.

희원이의 소원을 들어주러 갈 때마다 지안이의 망아지 동생 지빈이가 자주 끼면서 희원이와 제법 친해졌다. 지빈이가 이것저것 알려주면 희원이는 "우아!" 하며 신기해하는 관계랄까. 지빈이가 골목대장 노릇을 하는 건가 싶어 처음에는 우려 섞인 시선으로 봤으나 지안이 말로는 희원이와 어울린 뒤로 지빈이의 폭주 성향이 많이 가라앉았다고 한다. 골목대장은 스스로 비스킷에서 벗어날 줄 아는 당찬 희원이일지도 모르겠다. 아버지에게 자신은 죽지 않을 거라고 또박또박 말했던 기개만 봐도 그럴 가능성이 아주 크다. 희원이 아버지는 교도소에 수감되었다. 사회적으로 관심이 높은 사건이라 이례적으로 형 집행이 신속히 이뤄졌다. 어머니 행방도 파악되어 현재 재판받고 있다.

퇴원 후 희원이는 위탁 시설에서 지내게 될 예정이다. 비스킷으로 밝혀진 최초의 아이라 일반 가정 위탁은 어렵다고 한다. 자칫 희원이를 향한 관심이 위탁 가정에까지 쏟아질 수 있고, 취재 열기를 막을 힘도 부치기 때문이다. 기관에서 특별히 선정한 위탁 시설은 보안이 철저하다고 들었다.

교통 체증으로 도로가 꽉 막혀 일단 택시에서 내렸다. 전기 자전거라도 타려고 대여소를 검색하고 있는데 먼 곳에서 오토바이 소리가 들려왔다. 미리 길 가장자리로 피해 서자 이윽고 오토바이가 부릉대며 내 앞에 멈췄다. 고개를 들자 믿을 수 없게도 가르마를 곱게

탄 보노보가 서 있었다. 못 본 사이에 덩치가 더 좋아진 듯했다.

"이야, 성제성. 역시 정의는 죽지 않아. 이렇게 만난 걸 보면. 비스킷인가 뭔가를 유령이라고 속인 일을 갚아 줄 날만 기다려 왔는데 이제야 기회가 생기네."

"속인 게 아니고, 네가 지레짐작으로 혼자 놀랐던 거잖아."

정곡을 찔린 보노보 표정에 당혹감이 어렸다. 그래도 지고 싶지 않은 듯 보노보가 상체를 더 곧게 폈다. 동물들이 공격받을 때 몸집을 부풀려 자신을 보호하려 한다는 글을 어디서 읽은 기억이 났다.

"아무튼 내 볼펜을 버리고 오토바이에 스티커 테러한 건 사실이잖아. 빚 갚을 준비는 됐지?"

복수하려고 벼르고 있었다는 말을 길게도 한다. 주먹부터 휘두르던 과거에 비하면 발전한 건가. 시비 거는 놈과는 엮이지 않는 편이 상책이라 평화적인 타협을 유도해 봤다.

"내가 복수해 봐서 아는데, 그거 다 부질없어. 그보다 지금 시간 있어? 3단계 비스킷이었던 애가 오늘 퇴원해서 병원에 가 봐야 하거든. 네가 좀 태워 줬으면 좋겠는데."

"내가 택시야? 널 왜 태워 줘? 그리고 이젠 또 뭐? 복수가 부질없다고? 그런 약한 것들 때문에 복수하겠다고 난리 쳤던 게 지금 생각하면 민망한가 보지?"

안 본 사이에 비스킷에 관해 연구 좀 했나 보다. 그러고 보니 뿜어 나오는 콧김에 비스킷에 대한 호기심이 어려 있다. 재밌네. 반은 나에게 한 방 먹이고 싶은 마음이 차지하고 있지만. 보노보는 덩치랑 반비례로 쪼잔하고, 원수는 기필코 갚는 성격이니 곧이곧대로 내 말을 따를 리가 없다. 이럴 땐 적당히 도발하는 것도 방법이다.

"거듭 말하지만 복수는 이제 안 해. 근데 비스킷이 약한 존재니까 도와야 한다는 생각은 전혀 안 드나 봐."

"약한 것들이 사라지든 말든 나랑 뭔 상관이야."

나는 손가락을 까닥여 머리를 가리켰다.

"이제 뇌를 거치고 말할 때도 된 것 같은데 아직 훈련이 덜 되었구나. 내가 훈련시켜 줘?"

보노보가 예상대로 격정적으로 욕을 해 댔다. 한 귀로 듣고 한 귀로 흘리는 방법은 아직 익히지 못해서 나는 속으로 숫자를 세며 마음을 가라앉혔다. 그러자 보노보도 진정하는 기미를 보였다.

"정말 비스킷이 사라져도 상관없다면 따라와. 직접 보여 줄 테니까."

"수 쓰냐?"

"마음에 안 들면 그때 엎어도 되잖아."

말은 따라오라고 했으나 사실 보노보의 오토바이를 얻어 타고 병원으로 향했다. 투덜대며 오토바이 방향을 돌리려고 할 때마다 조련하듯 보노보에게 먹이를 투척했다. 이제 와서 발뺌하는 거냐고. 그러면 보노보가 쌍욕을 하며 직진했다.

희원이와 지빈이가 내뱉는 맑고 경쾌한 웃음소리가 병실 밖까지 퍼지고 있다. 세상이 밝아지는 소리를 듣고 귀를 틀어막으면 지안이에게 실망감을 줄 수 있기에 심호흡하고 병실 문을 열었다. 퇴원 기념 파티가 막 시작되려던 참이다. 색색의 풍선으로 꾸민 병실에 모인 우리 팀. 다들 고깔모자를 쓰고 목에 나비넥타이를 매고 있다. 망측하다. 주춤하던 내 등 뒤로 보노보가 부딪혀 왔다. 덕분에 떠밀려서 병실 안으로 자연스레 들어갔다.

"제성 군, 뒤에 야성적으로 생긴 친구까지 달고 온 걸 보니 특별한 이벤트라도 준비한 모양이지? 아주 바람직해. 넌, 성제성 친구?"

"아닌데."

보노보가 진실을 말했으나 효진이는 농담을 들은 듯 웃었다. 재미난 친구를 뒀다고 날 칭찬까지 하면서. 편견 없는 성격이 효진이의 장점이긴 하다. 내가 파티 분위기를 띄우기 위해 재미난 친구를 데려온 거라고 단단히 착각한 모양이지만, 늦은 핑계를 대지 않아도 되어서 가만히 있었다. 그러자 내게 씌우려던 고깔모자를 효진이가 보노보에게 씌워 주었다.

그런데 이상한 쪽은 보노보다. 꼴사나운 고깔모자를 내팽개칠 줄 알았는데, 의외로 씌워 주는 대로 얌전히 있다. 볼까지 붉어진 채로. 뭐야, 큐피드가 또 엉뚱한 곳에 화살을 날리고 있나.

뒤돌아보니 덕환이가 풍선들 사이에 우두커니 서 있었다. 보노보가 버벅대며 나비넥타이를 매지 못하자 효진이가 또다시 손수 매 주었다. 그것도 보노보의 앞에 바짝 붙어 서서. 덕환이의 가슴이 산산이 부서지는 줄도 모른 채.

처음 본 보노보를 아이들이 둘러쌌다. 보노보는 여전히 어리둥절한 표정으로 오토바이 헬멧을 들고 있었다. 희원이와 지빈이가 헬멧에 손자국을 내는데도 눈은 계속 효진이를 좇았다. 이 와중에 헬멧은 어찌나 표면이 반들반들하고 광택이 나던지 손자국을 내는 족족 선명하게 찍혔다. 번뜩 정신이 돌아온 보노보가 헬멧을 내려다보고는 아이들에게 인상을 썼다. 한숨을 쉬고는 물러가라고 손짓했다. 근데 그걸 술래잡기 신호로 잘못 받아들인 아이들이 웃음을 터뜨리며 주변을 뱅뱅 돌면서 본격적으로 헬멧을 툭툭 건드렸다. 나도 당한 적 있는 방식이다. 그럴 땐 가만히 있는 게 상책이지. 놀아 주는 상황이 아니라는 걸 분명히 해 둬야 한다고 지안이가 일러 줬다.

보노보는 동생이 없는지 그런 노하우를 모르는 듯했다. 아이들을 잡으려고 손을 허공에 허우적대다가 열받아서 안 되겠는지 팔을 걷어붙이고 술래잡기에 뛰어들었다. 하지만 술래잡기로 단련된 아이들을 붙잡기란 하늘의 별 따기와 같다. 괜히 힘만 빼기 일쑤라는 뜻이다. 보노보도 우왕좌왕하더니 금세 지쳐 자리에 주저앉았다. 더 쫓아오지 않자 지빈이가 힘들어 보이는 보노보에게 다가갔다.

"힘들어요?"

"힘들면 왜?"

제 딴에는 받아쳤다고 생각했는지 보노보가 숨을 몰아쉬며 피식 웃었다. 보노보를 따라 지빈이도 웃었다. 저 웃음, 수상한데. 지빈이가 보노보의 머리에 손을 얹더니 쓰다듬듯 움직였다. 자세히 보니 허연 껌이 보노보 머리에 붙어 있다. 나와 눈이 마주친 지빈이가 씨익 다시 웃었다. 저 악마 같은 녀석. 아직 아무도 지빈이의 만행을 알아채지 못했다. 그러다 희생양인 보노보가 이상한 낌새를 먼저 눈치채고 머리에 손을 얹었다. "뭐야?" 하고선 손바닥에 들러붙은 껌을 멍하니 내려다봤다.

보노보가 펄쩍 뛰며 분노를 터뜨려도 지빈이는 태연하다. 이 정도 분노는 누나에게 매일 받아서 타격감이 없나 보다.

"그렇게 약해 빠져서 험난한 이 세상을 어떻게 헤쳐 나가려고 그래요?"

떠오른다, 떠올라. 이 장면이. 머리카락이 어느 정도 자랄 때까지 하루에도 몇 번씩 한숨을 푹푹 쉬게 했던 꼬맹이의 속임수. 가르마를 가지런히 타는 보노보라면 나보다 더 타격이 클 것 같아서 어째 보노보가 안쓰러웠다.

그 이후 병실은 일순간에 혼돈으로 빠져들었다. 지빈이를 꾸중하는 지안이와 머리에 헬멧을 넣으려는 희원이가 혼돈의 중심이 되었다. 지안이는 결국 지빈이를 울렸고, 희원이는 머리카락이 헬멧 스크린에 끼어서 안 빠진다고 울었다. 아이들이 고래고래 울부짖는 상황에서 덕환이는 만면에 미소를 띄운 채 내가 자주 가는 단골 미용실 위치를 알려 주며 보노보를 약 올렸다.

"미용실 누나한테 물어보면 제성이가 했던 머리 스타일대로 해 줄 거야. 한때 유행했던 머리니까 잘 받아 봐."

"성제성이랑 엮이면 되는 일이 없어!"

보노보의 울분 섞인 절규가 병실에 울려 퍼졌다. 효진이가 내 옆에 서며 팔짱을 꼈다.

"네 친구가 아니었구나."

그걸 이제야 눈치채다니. 김효진 감도 많이 무뎌졌다.

대혼돈의 퇴원 기념 파티가 끝나고 희원이를 배웅한 뒤 각자 일정에 따라 흩어졌다. 나는 일부러 효진이 집 근처에서 볼일이 있다고 하고선 같은 버스를 탔다. 효진이는 보노보가 출몰한 뒤로 퇴원 파티가 흥미진진해졌다고 즐거워했다. 설마 보노보한테 관심 있는 건가 싶어 슬쩍 떠봤는데 정색하며 아니라고 했다. 휴, 다행이다.

"보노보가 별로면, 따로 사귀고 싶은 사람 있어?"

"없는데."

"덕환이한테는 아직도 안 설레냐?"

"어린이집 동창 중에 제일 먼저 사랑을 이뤘다고 이 누나한테 잘난 척이냐? 잘 알잖아. 나랑 덕 도령이랑 어떤 사이인지. 단순한 소꿉친구도 아니고 거의 식구라는 거."

어릴 적 비스킷 3단계를 벗어난 뒤로도 효진이는 챙겨 줄 누군가가 필요했다. 아저씨는 사업이 바빴고, 늘 효진이가 잘 지내고 있다고만 했던 입주 가사 도우미는 더는 믿을 수 없는 상황이었으니까. 창성이 형네서 지낼 수도 있었지만 거기서 지내면 우리와 같은 어린이집에 갈 수 없어 효진이가 거부했다고 한다. 그 당시 창성이 형이 뒤늦게 사춘기가 와서 고모 쪽에서도 돌볼 여유가 없기도 했고.

그리하여 효진이를 돌봐 준 사람은 덕환이 어머니다. 어린이집이 끝난 뒤, 초등학교가 끝난 뒤, 중학교가 끝난 뒤 효진이는 덕환이와 함께 하교해 덕환이네서 오후 시간을 보내고 저녁을 먹었다.

덕환이네 집은 조부모님에 이란성 쌍둥이 남매 동생들까지 삼대가 같이 사는 대가족이라 특유의 정감 넘치고 북적거리는 분위기가 있다. 숟가락 하나만 더 놓으면 된다며 누구든 선뜻 받아 주는 분위기라 효진이도 자연스럽게 녹아들 수 있었다. 명절이면 덕환이네 친척들 사이에 끼어 세뱃돈을 받을 정도로.

아무튼 나도 세뱃돈을 같이 받긴 했지만 덕환이네를 친한 친구의 가족이라고 여기는 것과 달리, 효진이는 진짜 가족이라고 생각한다. 그들의 애정이 없는 어린 시절은 상상할 수 없단다. 덕환이와도 남매같이 지내 온 탓에 설레는 마음이 생기지 않는 건 당연하다고 여기고 있다.

"덕 도령은 나한테 너무너무 고마운 사람이야. 덕 도령네 가족들도. 그러니까 하는 말인데, 제성스는 내가 덕 도령 마음을 모른다고 생각하고 있잖아. 오늘도 덕환이랑 엮어 보려고 일부러 이쪽 버스 탄 거 맞지?"

다시 눈치 빠른 효진이로 돌아왔다. 내가 보기에 두 사람은 제법 잘 어울린다. 서로를 보완해 줄 수 있는 면면들이 퍼즐 조각처럼 잘 맞았다. 어릴 적부터 옆에서 지켜본 사람이니 장담할 수 있다. 이제 가족이라는 울타리는 치워도 되지 않을까 싶어 몇 마디 나눠 볼 겸 같은 버스를 탄 거다.

"오죽 답답하면 내가 나서겠어. 넌 잘 모르겠지만 덕환이는 지금도 여전히 그때랑 똑같은 마음이야. 창성이 형은 내가 어떻게든 막아 볼 테니 이제 그만 덕환이 받아 줘."

"사실 나도 다 알아. 고백도 들은 마당인데 어떻게 덕 도령 마음을 모르겠어. 근데 덕 도령은 여전히 내 가족이야. 그건 변하지 않을 거야. 그러니까 덕 도령한테 나랑 엮는 것 같은, 마음을 자극하는 말은 이제 하지 마. 덕 도령이 계속 마음을 다칠 거야. 부탁할게."

자신을 좋아하는 덕환이의 마음을 받아 줄 수가 없어서 계속 모른 체했던 거구나. 나는 두 사람 사이를 괜히 건드려 긁어 부스럼을 만들어 버리고 말았고. 이건 덕환이에게 비밀로 해 두어야겠다. 다시 깨질 첫사랑이 훤하게 그려지니까. 더는 덕환이의 괴로운 모습을 보고 싶지 않다.

그날 나는 내 마음이 거부당한 듯 착잡한 감정에 휩싸여 오래 걸은 뒤에야 집으로 돌아갔다.

7
투덜거리는 소리

'나의 아들 1학년 성제성, 파이팅!'

내 이름이 떡하니 박힌 현수막이 간식 차에 걸려 있다. 내 반은 물론 번호까지 외우는 엄마와 달리 아버지는 내가 몇 반인지 모르는 터라 대강 학년만 넣은 것으로 보였다. 사진을 안 넣은 게 그나마 다행이라고 해야 할까. 한숨이 새어 나오려고 했다.

교문으로 간식 차가 들어설 때까지도 나는 몰랐다. 아이들이 "성제성, 파이팅!" 하고 지나갈 때도 다들 급식을 잘못 먹었나 하고 대수롭지 않게 넘겼다. 간식 차를 허락할지 교무 회의가 열렸다고 덕환이가 전해 줬을 때야 알았다. 아버지가 우리 학교로 간식 차를 보냈다는 사실을.

몸속 깊이 쌓인 술이 제대로 해독이 안 된 탓에 아버지가 드디어 실수를 저질렀구나 싶었다. 그러다 전날 나에게 받은 감동을 용돈이 아닌 간식 차로 대체했다는 걸 가족 단톡방에 올라온 인증 사진을 보고 깨달았다. 아뿔싸!

지난밤, 소파에 널브러져 있다가 까무룩 잠든 게 일의 발단이다. 아버지가 거실로 들어온 기척에 잠에서 깼고, 비몽사몽간으로 있을 때 천장에서 쿵 하는 발소리가 들렸다. 동시에 지안이 얼굴이 떠올랐다. 원래라면 망아지가 떠올라야 정상일 테지만, 연애를 하면 자고 일어났을 때 처음으로 떠오르는 얼굴도 바뀌는 모양이다. 어쨌든 지안이와 앞으로 하고 싶은 일이 잔뜩인데 용돈이 다 떨어져 간다는 지극히 현실적인 생각이 이어졌다. 엄마에게 타긴 글렀으니 아버지를 구슬려 봐야겠다는 잔꾀가 난생처음 들었다. 사랑은 이렇게나 사람을 변하게 한다.

물론 자다가 일어나 정신이 없었던 이유도 있고, 요즘 아버지와 사이가 괜찮다고 느껴진 탓도 있다. 아무튼 복합적인 이유로 입꼬리에 경련이 일망정 최대한 웃으려고 애쓰며 아버지 비위를 맞춰 보기로 했다.

"오셨어요? 피곤해 보이세요. 요즘 일이 힘드시죠?"

아버지는 술을 한잔 걸친 듯했으나 그걸 지적할 만큼 가까운 부자 관계는 아닌 터라 내 딴에는 대충 무난한 인사를 꺼냈다. 그런데 아버지에게는 전혀 무난한 안부 인사가 아니었던 모양이다. 소득 없이 대화가 끝난 줄 알았는데, 오늘 대반전이 일어난 걸 보면.

당장 엄마가 난리를 쳤다. 요즘에는 아버지 세대와 달라서 학교에 피자 배달을 할 때도 허락을 받아야 뒤탈이 없다는 하소연이 장문으로 이어졌다. 단톡방에 1이 없어지지 않는 걸로 보아 아버지는 읽지 않은 듯했다. 다행히도 교무 회의에서는 이왕 온 거니까 원산지를 잘 살피고 허락하자는 결론을 내렸다. 솔직한 심정으로는 텅 빈 내 통장 잔고나 채워 줄 것이지 전교생이 추로스와 아이스크림 파티를 하는 난데없는 상황이 왠지 억울했다.

그런데 어처구니없게도 간식 차로 내 평판이 단박에 뒤바뀌었다. 소문이 돈 것이다. 성제성 아버지가 무슨 그룹 사장이라는 소문. 사장은 아니지만 그 회사 임원인 건 맞고, 한강 뷰 아파트에 사는 환경이 왜 내 평판을 가르는 요소인지는 모르겠으나 쓸데없는 정보까지 더해져 갑자기 내가 재벌 2세라도 된 것 같은 분위기가 형성되었다. 이건 또 이것대로 피곤한 일이었는데, 혼자 좀 있을라치면 아이들이 계속해서 말을 걸어왔다. 2학기 내내 나에게 말 붙이고 싶어 안달이었던 아이들에게 빗장을 열어 주는 역할을 아버지가 해내고 만 것이다.

시끄럽고 성가셨다. 소음이 인지되니 답답하고 숨이 가빠 올 것만 같은 조짐이 느껴져 당장이라도 교실을 박차고 나가고 싶었다. 그런데도 꿋꿋하게 자리를 지킨 이유는 진종기의 표정을 보기 위해서였다. 내기를 걸었던 종기는 초조해했다. 꼴통들이 아이스크림을 추로스로 퍼먹으며 신났으니 더 그럴 수밖에.

"뭐라고 안 할 테니까 간식 차에 가서 줄 서 봐. 아직 남았을지도 모르잖아."

내 깐족거림에 진종기가 매섭게 노려봤다. 오만한 자신감이 빠지고 나니 눈빛 속에는 비열함만 남았다. 얕게 내뱉는 콧김에서 부글부글 끓고 있는 분노가 읽혔다. 두고 보자면 어쩔 건데. 이때만 해도 진종기에게 한 방 먹인 것에 만족해서 다음 일은 생각하지 않았던 게 내 불찰이다.

다음 날, 빌린 책을 반납하러 교내 도서관에 가다가 창밖 너머로 담임을 봤다. 건물과 멀찍이 떨어진 채 왔다 갔다 하며 통화를 하고 있었다. 담임은 비스킷 1단계였다. 담임을 맡은 얼마 뒤부터 몸이 희끄무레해지더니 여전히 같은 상태이다.

엄마가 전화로 반장 엄마랑 소곤거린 바에 따르면 최근에는 학부모들 사이에 담임이 곧 사표를 낼 거라는 소문이 돌고 있는 모양이다. 가뜩이나 학교에 적응하지 못하고 겉돌았는데 진종기가 주도

해 꼴통들이 대들고 교권을 무시하니 더 힘들 것이다. 진종기 엄마가 담임을 마음에 들어 하지 않아 갑질한다는 소문도 있다. 이제 학부모 갑질 때문에 교사가 신경 쇠약에 걸리는 시대라는 생각을 하며 지나치려는데 내 이름이 들렸다.

"어머니, 제성이네 부모님도 아이들을 생각해서 간식 차를 보내신 거예요. ……네, 무슨 말씀인지는 알아요. 위생은 저희도 신경 쓰는 부분이라 바로 체크했고요……."

담임의 통화 내용을 듣다 보니 어제도 민원 전화에 엄청 시달린 듯했다. 왜 간식 차를 받았냐고, 특정한 아이를 응원하는 간식 차로 위화감을 조성하면 되겠냐고, 다른 학부모들도 간식 차를 보내야 하는지 고민하고 있다고, 간식 차를 보내는 문화가 생기면 책임질 거냐고, 그 아이 것만 받아 준 건 차별 아니냐고, 아이가 먹고 와서 배가 아프다고 한다고, 어쩌고저쩌고.

평소 내 학교생활에 관심 없는 아버지인지라 나에게 호의를 보이고 싶다는 마음만 앞서 실수한 건 맞다. 그래도 전교생이 넉넉히 먹었으면 해서 전체 인원에 백 인분을 더 주문했던 배려는 진심이었을 거다. 그런데 왜 담임이 머리를 조아리고 있을까.

담임은 어제보다 더 흐릿해졌다. 통화를 하던 담임과 눈이 마주쳤다. 엿듣고 있던 걸 알아챘는지 담임이 버벅대며 전화를 다급하게 끊더니 내 쪽으로 뛰어왔다.

"저기, 제성아. 잠깐 시간 되니? 아······. 그냥 좀······. 실은 어제 간식 맛있었다고 말해 주고 싶었어."

담임은 한창 메뉴 맛을 칭찬하고는 간식 차 덕에 교무실에서도 기가 살았다며 웃었다. 행여 내가 어제 일로 상처받을까 봐 좋은 말만 들려주는 듯했다. 민원을 받고 있다는 내색은 전혀 하지 않았다. 나는 일부러 들뜬 표정을 짓느라 입가가 다소 떨렸다. 담임이 내 기분을 맞춰 주려고 애쓰고 있는데 내가 뭐라고 낙담한 표정으로 마주 보겠는가. 긍정적인 단어가 듬뿍 담긴 말을 주고받다가 담임과 손을 흔들며 헤어진 뒤에야 나는 미소를 거뒀다.

점심시간에는 급식을 먹으면 체할 것 같아 어린이집 동창들마저 멀리하고 아이들과 동떨어진 장소를 찾아 헤맸다. 어디든 아이들이 있어서 겨우 찾아낸 곳이 물탱크실이다. 이런 데가 있는 줄도 몰랐는데, 찾다 보니 거기에서 선동이와 맞닥뜨렸다.

선동이는 물탱크와 기둥 사이 벽에 쭈그리고 앉아 핸드폰으로 어떤 영상을 보고 있었다. 무음이라 무슨 영상인지는 알 수 없었으나 나와 눈이 마주치자 상당히 당황하는 것으로 보아 내가 같이 봐 주길 원하진 않겠다 싶었다.

다른 곳에는 아이들이 널려 있다 보니 물탱크실에서 나가고 싶지 않아 선동이를 물끄러미 바라봤다. '네가 선점한 건 알겠지만 내가 지금 몹시 혼자 있고 싶은 기분이거든. 이 정도 눈치를 줬으면 물탱크실에서 네가 나가라.' 하는 메시지를 눈빛에 담아.

점심시간에 급식도 안 먹고 물탱크실에 홀로 있다는 게 뭘 의미하는지는 나도 안다. 그러나 선동이는 진종기 패거리잖아. 쉬는 시간에 같이 컵라면을 먹고 배가 불러서 급식을 안 먹는 건지, 진종기에게 부여받은 임무가 있어서 건너뛴 건지는 내 알 바 아니라고 여겼다. 더욱이 그때 나는 어제 간식 차를 줄기차게 기웃거려 놓고서 집에 가서는 뒤통수치듯이 위생이 어쩌고 쑥덕거린 아이들을 혐오하느라고 다른 사람 마음을 헤아릴 여유가 없었다.

나는 유선 이어폰을 귀에 꽂으며 말없이 자리에 털썩 주저앉았다. 눈을 감고 클래식을 들었다. 일어나는 기척에 눈을 슬쩍 떠 보니 고개를 수그리고 조용히 물탱크실에서 나가는 선동이의 뒷모습이 보였다.

설상가상이다. 터덜터덜 집에 돌아와 보니 엄마가 발레도 가지 않은 채 날 기다리고 있었다. 온라인 사이트에서 성적을 조회해 중간고사 석차와 점수를 확인한 것이다. 종이 성적표가 며칠 뒤에 나올 거라서 방심하고 있었다. 요즘은 세상이 쓸데없이 편리해져서 한눈에 학습 진단이 되도록 분석 서비스를 제공하는 바람에 더는 "이번 시험 어려웠어, 나만 못 본 거 아니야."라는 변명이 먹히지 않는다.

이후에 일어난 일들은 나의 스트레스 관리를 위해 생략하기로 한다. 뭐, 궁금할지도 모르니 요약하자면 내 우려대로 엄마는 성적 하락의 원인을 연애로 꼽았다. 돌팔이 원장 병원에 처박혀 홀로 공부하지 않게 된 변화는 전혀 고려되지 않았다. 이모는 엄마의 잔소리를 사랑으로 받아들이라고 했다. 잔소리를 사랑으로 받아들이는 일은 백 년쯤 수행해 득도한 스님도 불가능할 것이다.

수업 전에 책상에 엎어져 아침까지 이어진 엄마의 잔소리를 머릿속에서 내보내려고 노력하는데, 효진이가 등을 톡톡 건드렸다. 고개를 들자 기운이 넘쳐 보이는 효진이가 '야꾸'를 했다고 자랑했다. 야꾸가 뭐냐고 물었더니 '야구 방망이 꾸미기'란다. 마스킹 테이프로 둘둘 붙인 본체는 난잡하고, 손잡이 끝에 리본으로 묶어 길게 늘어진 끈은 거추장스러워 보였다. 괴상한 실물을 굳이 자랑하려고 왔으니 나도 정성을 다해 평가해 주었다.

"네가 미대가 아니라 경영학과를 목표로 하고 있어 그나마 다행이다. 적어도 작품으로 안구 테러는 안 시킬 테니까."

"덕 도령은 예쁘다고 했거든. 센스 좋다고."

덕환이가 네 마음을 알고도 계속 칭찬할 수 있을까. 이 말은 속으로만 삼켰다. 좋아한다고 해서 마음을 강요할 수는 없을 테니 덕환이도 서서히 친구 포지션을 찾아 가겠지.

"아침부터 왜 기진맥진해 있어? 제성스, 불면증 또 도졌어?"

효진이는 늘 내 불면증을 걱정해 준다. 아무래도 청각이 예민하면 작은 소리에도 잠에서 쉽게 깨기 마련이라 신경 써 주는 것이다. 어떤 아이들은 잠을 못 자는 그 시간에 공부하면 되니까 복 받았다고 속 편하게 생각한다. 정말 아둔하다. 인간의 뇌는 그렇게 단순하지 않다는 사실조차 모른다. 뇌는 단기 기억을 장기 기억으로 바꾸는 작업을 주로 잠자는 동안에 행한다. 이 말은 곧, 잠을 안 자면 낮에 외워 둔 영단어를 더 빠르게 까먹게 된다는 뜻이다. 그러니 잠을 자지 못하면 성적이 떨어지는 건 당연한 이치다.

가만, 그러고 보니 최근 치료 방식이 바뀌었다. 유선 이어폰을 끼는 횟수가 많이 줄어들어 소리 공포증, 소리 강박증은 차도가 있는 듯하다며 의사가 약의 가짓수를 줄여 버렸다. 어쩐지 요즘 부쩍 잠이 잘 안 왔는데, 분명 그 변화가 내 성적 부진으로 이어진 걸 테다.

엄마는 이런 사실도 모르고 괜히 생사람을 잡았다. 처음으로 엄마에 대한 불평을 효진이에게 늘어놓았다. 엄마도 이모한테 나에 대한 불만을 말했으니 피장파장이라고 생각하면서. 평소와 다르게 효진이가 입을 꾹 다문 채 점점 미간에 주름을 잡았다. 그러고는 가벼운 입을 질책하는 말로 자신에게까지 상처를 줬다.

"그래도 넌 성적을 걱정해 주는 엄마가 계시잖아."

의도치 않아도 무신경해지면 상처를 주고 만다. 이모가 며칠 전에 분명 자기를 예로 들면서 예고편을 보여 주었는데, 나는 멍청하게도 효진이에게 엄마라는 존재를 상기시키고 말았다.

"예전에 네가 왜 나한테 어색하게 사투리 쓰냐고 했지? 사실은 우리 엄마에 대해 더 알고 싶어서 그랬어. 엄마 고향, 엄마가 이사 간 지역, 파견 나갔던 지방. 그곳에서 이런 말들을 들으며 엄마는 자랐고, 살았겠구나 싶어서. 그래서 사투리를 공부했던 거야."

그런 마음으로 사투리를 쓰고 있었는지 전혀 몰랐다. 요즘 효진이가 사투리를 쓰지 않는 것도 재미가 없어져서라고 혼자 짐작했다. 효진이에게서 흘러나오는 숨소리가 슬픔으로 가득했으나 담담한 척하고 있어 미안하다고 말도 못했다.

"요즘은 왜 안 쓰는데?"

"아빠가 차라리 엄마가 교환 학생 갔을 때를 떠올려 보라더라. 그래서 그만뒀지. 뭐, 영국에 가면 그때는 영어를 들으면서 다시 엄마를 그려 볼지도 모르지만."

효진이가 돌아간 뒤 나는 이번에야말로 자기혐오에 빠졌다. 또다시 급식도 안 먹을 만큼. 이럴 때면 안 좋은 생각이 자꾸만 든다. 지금까지 저지른 모든 잘못 같은 것들. 앞으로 내가 저지르게 될 어리석은 일들마저도 상상된다. 그리고 그 모든 일이 내 발목을 잡겠지.

오늘도 물탱크실에는 나보다 먼저 선동이가 와 있었다. 종기 패거리가 왁자지껄하며 급식실로 몰려가는 모습을 본 터라 혼자만 빠진 게 이상했다. 얼핏 봐도 꼴통들과는 성향이 다른데, 왜 같이 어울리는 거지.

문득 지하철 스크린 도어를 통해 본 선동이 표정이 떠올랐다. 내가 진종기와 다를 바 없이 어제 무례하게 굴었다는 것도. 혼자 있고 싶은 건 나만이 아닐 수도 있다. 그래서 오늘은 양해를 구하기로 했다.

"미안한데 네 공간을 좀 침범해도 될까? 다른 데는 시끄러워서 내가 납작해지는 것 같거든."

선동이는 내 말을 허튼 농담으로 치부하지 않았다. 가만히 고개를 끄덕인 뒤 조용히 쭈그리고 있었다. 마치 세상에서 자신 몫의 아주 작은 자리만 챙기려는 것같이.

'내가 잘못한 거겠지.'

어딘가에서 그런 말이 들려온 것처럼 느껴졌다. 진짜 말이 아니고 느낌 말이다. 유선 이어폰을 빼고 소리의 진동에 청력을 모아 봤다. 선동이의 숨결에서 감정이 흘러나오고 있었다. 두려움, 죄책감

그리고 인정받고 있다는 안정감. 진종기 패거리와 어울리는 건 소속 감 때문이었나. 그런데 왜 인정받는 상황에서 죄책감을 느끼지? 패거리에 붙어 아이들을 같이 괴롭히는 것도 아니잖아. 말리지 못해서 책임을 느끼는 건가.

'어쩌지. 어떻게 해야 좋을지 모르겠어. 그건 나쁜 일인데.'

이쯤 되면 모른 체하기가 더 어렵다. 어쩌면 숨소리에서 느껴지는 감정은 비스킷의 냄새처럼 자신을 도와달라는 무언의 외침이 아닐까 짐작하고 있었으니까. '나 여기 있어. 나 여기 있으니까 바라봐 줘. 날 알아봐 줘. 날 도와줘.' 이런 외침.

"너 비스킷인 거 알고 있어?"

선동이의 눈동자가 커졌다. 자기가 진짜 비스킷이냐고 되물을 줄 알았던 선동이가 손이랑 다리를 주무르며 "나 만져지는데?" 하고 엉뚱한 말을 했다. 눈치가 없는 건지, 순수한 건지. 뭐, 나쁜 의도로 느껴지지 않아서 나름 정성껏 비스킷에 관해 설명해 줬다.

비스킷이 된다고 몸이 사라지는 건 아니다. 오케이? 3단계가 된다면 투명 인간처럼 다른 사람의 눈에 보이지 않을 수 있다. 그러다 완전히 안 보이게 되면 기본적인 활동만으로는 생명을 유지할 수 없어 다른 걸 양분으로 삼는 것 같다. 여기까지는 이해했지? 사람들이 비스킷의 존재를 부정해서 보이지 않는 것이니 분노, 슬픔, 외로움

같은 부정적인 감정을 이겨 내야만 다시 세상에 모습을 드러낼 수 있다. 표정을 보니 이해하지 못한 것 같은데. 아무튼 비스킷 3단계를 그냥 내버려 두면 세상에서 모습이 사라지고, 그 시간이 길어지면 완전히 잊히게 된다.

내 설명에 선동이는 대단한 과학자라도 만난 것처럼 계속 고개를 주억거렸다. 그 모습을 보다 갑자기 생각났다. 1학기 초에 진종기가 다 같이 하는 장난이랍시고 아이들을 무작위로 괴롭혔던 적이 있다. 단점을 부풀려 치명적인 결점인 양 소문을 퍼트리는 방식으로. 예를 들면 선생님이 가정 형편을 고려해 누군가를 특별하게 편애한다거나, 건방진 성격 탓에 누가 맞는 걸 봤다는 등 거짓말을 퍼트리며 망신을 줬다. 사실이 아니라고 맞설라치면 농담도 이해 못 한다며 혀를 차고는 은근히 뒤로 빠졌다.

소문의 주인공은 마음이 철저하게 무너지는데, 눈에 보이는 폭력은 없어 심각해 보이지 않는 게 문제였다. 집요하고 계획적으로 조롱해도 장난처럼 보였으니까.

이런 방식은 오래 하면 반 아이들도 괴롭힘이라고 자각하므로 일주일 정도 짧게 치고 빠지며 돌림으로 하는 게 특징이다. 선동이도 그때 괴롭힘을 당한 아이였다. 무딘 성격이라 다른 아이들보다 타격을 많이 받지는 않은 듯 보였으나 속마음은 모른다. 피해자였던 아이들이 가해자가 되면서 마음에 쌓인 앙금을 풀 듯 더욱 적극적으로 소문을 퍼트리며 가담한 것과 달리, 선동이는 어떤 괴롭힘에도 동참하지 않았다.

그때 기억을 떠올리자 이미 마음은 선동이를 아지트에 데려가는 쪽으로 기울어 있었다. 그런데도 선뜻 말을 꺼내지 못한 건 선동이가 진종기 패거리이기 때문이었다. 섣불리 데려갔다가 들키면 진종기가 어떻게 행동할지 가늠이 안 되었다. 더욱이 선동이가 진종기를 친구로 여긴다면 아지트 일을 발설할 수도 있고, 그걸 진종기가 함정으로 이용할 수도 있다. 그래서 며칠 더 신중하게 고민해 보기로 했다.

병원으로 가는 길에 권도령으로부터 메시지를 받았다. 권도령은 보노보의 본명이다. 본명을 듣는 순간, 큐피드가 세 사람을 놀리고 있다는 생각이 들었다. 하필이면 덕환이의 애칭이 보노보의 이름이라니. 기어코 큐피드에게 화살을 맞은 권도령이 뭐가 그리 급한지 메시지를 연달아 보내왔다.

-혹시 효진이랑 류덕환이랑 사귀냐?

-이 영상 진짜냐?

며칠 전이었다면 장난 반, 진담 반으로 효진이 미래의 남자친구가 덕환이라고 말했을 테지만 지금은 효진이 마음을 알아 버린 후라 대꾸할 말을 신중하게 골랐다. 뒤이어 도착한 영상 섬네일이 심상치 않아 링크를 먼저 클릭했다.

영상에는 덕환이와 효진이 모습이 담겨 있었다. 덕환이가 맞춤법이 맞지 않는 플래카드를 펼쳐 보이고는 어눌한 말투로 효진이에게 고백했다. 그러자 효진이가 뛰어가 덕환이에게 안기더니 먼저 키스하는 것으로 영상이 끝났다.

너무 당황해서 핸드폰을 떨어뜨릴 뻔했다. 나의 어린이집 동창들이 내가 모르는 사이에 벌인 일이라고 치부하기에는 도저히 앞뒤가 맞지 않다. 더욱이 내 친구들이니 그들이 어떻게 말하고 행동하는지 정도는 안다. 맞춤법도 맞지 않는 플래카드라니. 누가 만든 건지 황당하네.

채널명은 '비스킷 영웅들의 실체'였다. 그 계정에 올라간 영상은 단 두 개. 다른 하나는 내가 주인공이었다. 본 적 없는 여자애가 자신은 비스킷이며 내게 도움을 요청했다가 오히려 무시당한 탓에 비스킷 2단계가 되었다는 인터뷰가 찍혀 있었다. 두 영상은 각각 어제와 그제 업로드됐다.

－딱 봐도 가짜잖아. 이딴 걸 보는 것 자체가 내 친구들 명예를 더럽히는 일이야. 그리고 내가 비스킷을 도와줄 때 안하무인으로 굴 것 같아?

-속을 뻔했네. 나도 아니라고 생각은 했어. 혹시나 해서 물어본 거지. 근데 인터뷰 영상은 진짜 줄 알았는데, 그것도 가짜야?

보노보가 내 속을 긁어 놨다. 일일이 상대하다가는 제명에 못 죽을 듯해서 마음 넓은 내가 참기로 했다. 권도령은 범인을 찾아야 한다고 계속 메시지를 보내며 설쳐 댔다. 범인이라는 말에 의심이 가는 얼굴이 하나 있긴 했다. 진종기. 그 녀석이라면 나를 비스킷으로 만들려는 수작으로 가짜 영상을 제작했을 법도 하다. 진종기가 범인이라는 증거를 어떻게 잡을까 고민하는 사이 병원에 도착했다.

내가 다니고 있는 이 병원은 박 간호사가 스카우트되어 옮긴 곳으로, 와 보니 여사님도 이곳에서 관리반장으로 일하고 있었다. 예비 돌팔이 의사는 벽에 덕지덕지 감사장을 붙여 둔 원조 돌팔이 원장과 다르게 진료실에 아무 장식도 하지 않았다. 처음에는 심플한 진료실이 마음에 들었지만, 지금은 감사장도 한 장 받지 못하는 돌팔이 2세라는 생각만 들었다.

귓병은 이미 발병했고 인류에게는 약이라는 위대한 물질이 존재하는데, 마음대로 약을 줄여 버린 예비 돌팔이에게 부아가 치밀어 진료실 문을 벌컥 열고 들어섰다. 의자에 엉덩이를 붙이자마자 엄마에게 받은 스트레스까지 얹어 불만을 쏟아 냈다. 돌팔이 2세는 차를 홀짝 마시더니 적응 기간이 일주일 정도 더 걸릴지도 모른다는 태평

한 소리나 해 댔다.

"일주일이나 더 걸린다고요? 불면증까지 겹쳐서 시험 망친 건 어떻게 보상하실 건데요?"

"네가 다섯 살 때부터 비스킷을 소리로 찾아냈다는 건 학계에서도 일부 인정하는 바가 있어. 병인을 오진해 피해를 봤다는 것도 인정하지. 근데 신경계 치료가 잘못되었다고는 볼 수 없어. 그러니 단계를 낮춰 가며 약 의존도를 줄이고 생활 소음에 익숙해지도록 해야 하는 거야. 평생 약에 의존하면서 살고 싶지는 않을 거 아니니."

"차도가 없잖아요. 아직 약을 줄일 단계가 아닌가 보죠."

"병원에 오래 다닌다고 의사가 되는 건 아니란다."

원래 권위를 자랑하며 은근히 깎아내리는 말투를 잘 사용하던 건 알고 있지만 이 정도면 그냥 무시하는 거 아닌가. 애초에 의사에게 고통을 이해받으려고 한 것이 잘못이다. 이제 돌팔이 2세는 믿을 수 없는 어른으로 완전히 강등되었다.

차도가 있다는 신빙성 없는 진단을 받은 후에 나는 박 간호사에게 맡겨졌다. 박 간호사는 다른 환자에게 처방 주의 사항을 알려 주며 눈짓으로 나에게 알은체했다. 이 병원에서는 능력을 인정받아 자존감이 강화된 탓인지 환자에게 말을 붙이는데 제법 자신감이 배어 있다. 그 모습을 보고 있자니 원장실에서 느꼈던 노여움이 조금 누

그려졌다.

"여사님은 지금 옥상에 계셔요. 뵙고 가요. 이건 비밀 통로 탈출 작전 멤버가 주는 선물."

박 간호사가 내 손에 초콜릿을 담뿍 건네줬다. 날 다독이는 법까지 터득한 걸 보니 다시는 비스킷이 될 리 없을 듯하다. 박 간호사는 물리치료실로 향하고 나는 걸어서 옥상으로 올라갔다. 여사님은 옥상에 마련한 텃밭을 돌보고 있었다.

"또 땡땡이치시는 거예요?"

"햇볕 쬐고 있었지. 가을 햇볕이 아주 달거든."

여사님이 몸을 뒤뚱대며 호스로 물을 뿌리자 허공에 작은 무지개가 생겼다. 한두 번 해 본 솜씨가 아니다.

호스 정리를 끝낸 여사님에게 초콜릿을 내밀자 통통한 손으로 부지런히 까서 먹었다.

"살이 왜 빠진 거냐? 누가 힘들게 하니?"

무심한 듯 툭 던진 말에 갑자기 눈이 시큰해졌다. 마음고생 중인 걸 알아주는 게 고마워 박 간호사에게 받은 초콜릿을 몽땅 드렸다.

그러고 보니 여사님도 예전에 소외된 적이 있다. 여사님은 자존감도 높고 상황을 꿰뚫어 보는 지혜를 가졌는데 원조 돌팔이 병원에서 왜 비스킷이 됐던 걸까. 통통하다는 이유로 따돌림받을 때 상처가

컸나. 의문을 말했더니 여사님이 초콜릿을 오물거리며 옥상 너머 풍경을 바라봤다.

"살다 보면 말이지. 마음이 무너지는 때가 있어. 뭘 해도 안 되고, 아무도 내 편이 아닌 것 같고, 숨 쉬는 것조차 힘들 때가. 그럴 때 모두에게 미움받는 것같이 느껴지면 한순간 자신을 놔 버리기도 한단다. 그래서 비스킷이 됐던 거야. 제성이 너도 잘 알듯 누구나 그럴 수 있잖니. 어쩌면 비스킷을 도우려는 너조차도 마음이 부서질 때가 있겠지."

사실 진종기 패거리에게 괴롭힘을 당할 때면 마음 한구석이 저렸다. 안 그런 척한 거다. 번번이 부서지는 마음을 다잡기 위해 모든 에너지를 쓰고 있었다. 집에 돌아갈 때 일부러 돌아서 오래 걷는다든가, 클래식으로 마음을 진정시킨다든가 하면서. 더하여 어린이집 동창들이 쉬는 시간마다 번갈아 놀러 오고, 급식 먹을 때도 장난쳐 줘서 그나마 평정심을 유지할 수 있던 거였다. 오롯이 나 혼자였다면 마음을 지키기 어려웠을지도 모른다.

여사님이 물끄러미 나를 보더니 초콜릿을 하나 건네줬다. 마치 원래 자기 소유였던 것처럼. 초콜릿을 혀에 올리니 단맛이 온몸으로 퍼졌다.

"그때 말이다. 내가 비스킷 1단계가 되었을 때. 네가 어떻게 했는지 기억나니?"

"음……. 별거 안 했던 걸로 기억하는데요. 그냥 지금처럼 얘기 나눴잖아요."

"그게 좋았어. 별다른 얘기를 한 것도 아닌데 말하고 나니까 어쩐지 마음이 후련해지더라. 고마웠단다, 그때."

"고맙긴요. 저는 그저 들어 드린 것뿐인데요."

여사님이 상을 주듯 초콜릿을 하나 더 내밀었다.

"그게 중요한 거야. 진심으로 들어 주는 거."

담임이 나랑 얘기하고 난 뒤 희미했던 모습이 조금 선명해져 뒤돌아섰던 것도 그래서일까. 그때는 미처 거기까지 신경 쓰지 못했으나 담임도 얘기하면서 답답함을 훌훌 털어 낸 걸지도 모르겠다. 이야기를 나누는 것만으로도, 누군가 내 말을 열심히 들어 주는 것만으로도 위로가 되니까.

"그나저나 오늘은 왜 진료실에서 원장님한테 심통 부린 거니?"

여사님은 사건의 전말을 알고 있었다. 정말 여사님은 국정원에서 일해야 할 재목이다. 나는 오늘 면담에서 돌팔이 2세에게 당한 수모를 여사님에게 낱낱이 말해 주었다. 여사님은 팝콘 무비를 영화관 일렬에서 보듯 흥미진진하게 내 얘기를 들어 주었다. 대화로 기분이 풀리는 건 나에게도 해당하는지 "아무튼 돌팔이 2세 때문에 열받아요."라고 말했을 땐 그다지 열받지 않은 상태였다. 그러고 보니 여사님 상사가 돌팔이 2세인 거잖아. 보고하러 갈 때마다 얼굴을 봐야 하는. 나보다 더 갑갑하겠다 싶었는데 내 말을 들은 여사님이 "나도 많이 당해." 하면서 달관한 표정으로 피식 웃었다.

"그럴 땐 튀어 버리면 그만이란다."

여사님은 그렇게 말하고는 남은 초콜릿을 한입에 털어 넣었다.

딩동거리는 소리

여사님과의 대화로 기운을 얻은 나는 다음 날 등교하자마자 선동이 자리로 갔다. 후딱 좋은 일 하나를 해내고 싶었다.

"오늘 아지트에 갈래?"

선동이가 특유의 멍한 표정으로 가만히 있다가 고개를 끄덕였다. 그때 진종기와 꼴통들이 우당탕거리며 교실로 들어왔다.

"아지트? 왜 얘를 아지트로 데려가? 혹시 이선동이 비스킷이야? 눈에 잘 보이는 거 보니까 아직 비스킷 1단계인가 보네. 너네는 잘 보이냐?"

꼴통들이 보인다, 잘 안 보인다 나불거렸다. 중간에 낀 선동이는 어쩔 줄 몰라 하고 있다. 종기가 떨떠름하게 서 있는 내게 바짝 다가

왔다. 나보다 키가 커서 어쩔 수 없이 올려다봐야만 했다. 종기가 거만하게 턱을 치켜세웠다.

"야, 성제성, 내기 다시 하자. 내가 이선동을 비스킷 3단계로 만드는지 못 만드는지. 어때?"

"지난번에 한 내기나 책임지지 그래? 누가 먼저 비스킷이 되는지가 내기 아니었나? 아니면 학교 자퇴할까 봐 무서워서 선수 치는 거야?"

종기가 입꼬리를 올리며 웃었지만 눈은 전혀 웃고 있지 않았다.

"너나 나나 비스킷이 되겠어? 불리하면 또 돈을 써서 애들을 다 네 편으로 만들 거 아니야. 비스킷은 약하고 지지리 궁상맞은 놈들이나 되겠지. 그러니까 내기 다시 하자고. 내가 한 달 안에 이선동을 3단계로 만들어 놓을 테니까, 네가 잘하는 특기 발휘해서 찾아내 봐. 한 달 안에 3단계로 못 만들면 네 승리, 네가 얘를 못 찾아내면 내 승리. 어때, 공평하지?"

"난 그런 치졸한 내기 안 해."

내 자리로 돌아가려고 했으나 꼴통 둘이 막아섰다. 종기가 선동이 어깨에 친근하게 팔을 두르며 싱글거렸다.

"네가 좋든 싫든 이선동은 내가 비스킷 3단계로 만들 거야. 방금 그렇게 결정했어."

내게 한 방 먹이려고 벼르던 종기는 엉뚱한 상대를 골라 날 옥죄려고 했다. 나와 종기의 힘겨루기 사이에서 선동이는 더욱 철저하게 자존감을 짓밟힐 터였다. 이때 희생양이 되지 않도록 제대로 끊어 내지 못해 사태는 걷잡을 수 없이 빠르게 흘러갔다.

종기가 일방적인 선언을 한 뒤, 곧바로 내가 돈으로 선동이를 부하처럼 부리려고 한다는 소문이 돌았다. 진종기가 정의의 용사처럼 자기 친구인 선동이를 지켜 내려 한다는 황당한 말을 아이들은 믿었다. 지난 1학기 때부터 갈고닦은 실력 덕분인지 종기는 아이들에게 악의를 퍼뜨리고 심리를 조종하는 방법을 잘 알고 있는 듯했다. 아니면 집안 대대로 사람을 깔고 뭉개는 방법을 전수받았다든가.

여하튼 긍정적인 것보다 부정적인 것에 잘 반응하는 사람 심리 탓에 내가 선동이에게 다가가려 하면 반 아이들이 조용해지며 대놓고 지켜보는 웃긴 상황이 벌어졌다. 내가 하는 말과 행동이 하나하나 와전될 거라는 걸 알기에 남의 시선을 별로 신경 쓰지 않는 나조차 주변 눈치를 보게 되었다. 그게 진종기가 원하는 바라는 걸 알면서 무작정 선동이에게 다가갈 수가 없었다.

2학기 개학 날, 누가 비스킷이 되나 보자고 걸었던 내기가 역효과를 냈다. 비스킷이 진짜 있는지 궁금해 죽을 것 같아 개학 날만 기다리던 아이들의 관심 때문에 계획이 무너졌으니까. 비스킷에 대해 알려 줄 장본인이 자퇴할 수도 있다고? 안 될 말이지. 아이들이 내심 진종기가 지길 바라고 있었다는 걸 그 영악한 놈이 모를 리가 없다. 자존심이 세니 인정하지 않을 뿐.

이번에는 이전보다 더 치밀하게 아이들의 심리를 이용해 서서히 목을 조르는 방식을 선택한 듯했다. 특기대로 처음에는 소문으로 나를 옭아매고, 다음으로는 장난인 척 선동이가 비스킷이 되는 실험을 하겠다며 공공연히 계획까지 발표한 걸 보면.

"너희들도 보고 싶지 않아? 비스킷이 어떻게, 얼마나 안 보이는지. 이번 실험이 성공하면 다 같이 비스킷을 볼 수 있어. 그리고 오해할까 봐 미리 말해 두는데 이건 어디까지나 실험이고, 선동이도 자발적으로 동의한 거야."

종기가 어깨에 손을 걸치자 선동이가 힘없이 고개를 끄덕였다. 왜 동의하는 건데? 아무도 묻지 않았다. 반 아이들 대부분은 선동이가 종기 패거리와 어울린다고 생각했다. 자기들끼리 의견 일치를 봤으니 한 발 떨어져 지켜보자는 마음인 듯했다. 어쩌면 동의했다고 말했으니 본인이 책임져야 한다고 생각했을지도 모른다. 말귀가 어둡고 자기만의 세계에 빠진 듯한 선동이와 어울려 주는 종기가 있어서 다행이라고 생각하는 아이들도 있는 마당이니.

반 아이들이 받아들이는 분위기를 보이자 종기는 다음 단계로 실험을 가장해 선동이를 고립시키는 분위기를 주도했다. 아이들이 말을 시키지 않도록 한 게 아니라 완전히 반대로 선동이가 아이들에게 말을 걸게끔 한 것이다. 뜬금없이 다가가 쓸데없는 말들을 주절거리도록. 며칠이 지나자 선동이가 다가오면 아이들은 눈빛을 주고받은 뒤 말없이 일어나 자리를 피하기 시작했다. 누가 봐도 시킨 게 뻔한 별 의미 없는 말을 일방적으로 쏟아 내고 있으니 엮이고 싶지 않은 것이다. 그렇게 자연스레 모두가 선동이와 말을 하지 않았다. 물론 거기에 적극적으로 동조하는 덜떨어진 아이들도 생겨났다. 왜 비스킷을 소외시키는 이들은 죄다 자신들이 비스킷이 될 수도 있다는 생각은 하지 못할까?

아지트에서 이 문제를 해결할 방법을 멤버들과 논의해 봤으나 상반된 의견이 나왔다. 덕환이는 아직 1단계이니 신중하게 지켜보자는 반응이었다. 효진이는 자신이 비스킷의 친구가 되어 주겠다고 했다. 지안이는 그 정도 폭력이면 2단계가 되고도 남았을 것 같은데 오히려 1단계인 상태가 이상하다고 고개를 갸우뚱했다. 도주처럼 집에서는 지지를 잘 받는 걸까. 아니면 선동이도 이 일을 장난으로만 받아들이는 걸까. 논의는 빙글빙글 돌다가 선동이가 최악의 상태가 되기 전에 즉각 강력한 방어막을 쳐 주자고 김효진이 날뛰어서 결정을 내리게 되었다. 우리 팀이 친구가 되어 주기로.

다만 자칫 동정받고 있다고 느낄 수 있으므로 최대한 자연스럽게 접근하기로 했다. 효진이가 첫 주자였다.

점심을 먹고 복도에서 교실을 살펴봤다. 선동이는 자리에서 고개를 푹 수그리고 있었다.

"비스킷이 어디에 있는지만 알려 줘. 혹시 못 알아볼 수도 있으니까."

"특별한 후각으로 비스킷을 찾겠다면서, 벌써 포기하고 나한테 의지하는 거냐?"

"아직 나의 특별함을 최대치로 끌어올리지 못했거든."

군말 없이 비스킷의 친구가 되어 주겠다는 것만도 고마우니 너그러운 내가 져 주기로 했다.

"창가 둘째 줄에 앉은 애가 이선동이야. 비스킷 1단계고. 보여?"

효진이가 손등으로 눈을 비볐다. 눈을 다시 떴는데도 창가에 앉은 애가 아주 잘 보인다며 자신의 볼을 꼬집어 달란다.

"내가 보고 있는 아이가 네가 보는 비스킷이라는 거지? 냄새를 맡지 않았는데도 비스킷이 보이는 게 맞지?"

"지금껏 한 노력이면 이제 1단계 비스킷은 바로 찾을 시기가 되지 않았나 싶다. 축적된 정보도 있을 테고. 그러니 스스로한테 자신을 가져."

"자신을 넘어 자만도 할 거야. 오늘 이 일은 일기에도 남길 거야. 완전 신난다. 거 봐, 내가 에이스로 거듭날 거라고 했잖아."

비스킷 1단계를 본다는 것만으로 에이스면 세상 사람들은 다 에이스겠다. 뭐, 효진이가 비스킷을 보기 시작해서 안심이 된 것도 사실이니 토 달지는 않았다. 앞으로 환영을 보내는 비아냥거림이 쏟아지면 효진이가 나 대신 맞서겠지. 마음이 든든하다.

"그럼 비스킷을 알현하러 가 볼까나."

"나 참. 왕이라도 만나러 가냐?"

"왕보다 더 귀한 사람이지."

효진이가 어깨를 펴고 창가 쪽으로 당당히 걸어갔다.

"반가워. 나는 김효진이야. 친구가 되고 싶은데 잠깐 얘기 좀 할래?"

저 바보. 최대한 자연스럽게 다가가기로 해 놓고선. 다짜고짜 내민 손의 주인을 확인한 선동이가 다급하게 교과서를 펼치며 자기 얼굴을 가렸다. 효진이가 교과서를 내린 뒤 싱긋 웃자 얼굴마저 붉어졌다. 난처해하며 주변을 두리번거리다가 뒷문에 서서 동태를 살피고 있던 나를 발견했다. 선동이가 고개를 수그린 채 기어들어 가는 목소리로 효진이에게 어물거리는 말이 들려왔다. 내용을 대강 요약하자면 이렇다. 네가 누구인지 안다. 인스타그램 계정을 비공개로 계속 설정해 뒀으면 한다. 앞으로 사진 같은 건 다른 사람이 볼 수 없도록 하는 편이 좋을 것 같다. 난 네 친구가 될 자격이 없다. 미안하다.

효진이가 아리송한 표정을 지으며 교실 밖으로 나왔다.

"뭔가 통일성 있는 내용인데, 목적을 모르겠네. 내 팬인가? 팬인데 왜 친구 요청을 거절한 거지. 제대로 이해했는지 모르지만 뭐라고 했냐면……."

"들었어. 말 안 해도 돼."

"역시 제성스. 다 듣고 있었군. 무슨 말인지 이해했어?"

효진이가 인스타그램을 비공개로 둔 것과 사진이 보이지 않는 대목은 상통한다. 반대로 계정을 공개하면 사진이 보이고 선동이는 그 부분을 우려하고 있었다. 왜 사진을 남들에게 보이면 안 된다는 걸까? 나도 모르겠다.

"근데 쟤 말이야, 눈은 못 마주치는데 날 돕고 싶어 하는 마음은 전달받은 것 같아. 뭘 도우려는 건지는 잘 모르겠지만. 아무튼 그런 마음이 있다면 지안이 말처럼 2단계가 되지 않는 이유로 충분하지 않을까? 남을 도우려면 일단 자신을 지켜야 하잖아. 쟤는 스스로 자신을 지켜 낼 듯. 그러니까 실험인지 뭔지 그걸 막는 게 우선일 것 같기도 해."

일리 있는 말이다. 폭력은 수위를 높여 가기 마련이니까. 실제로 효진이가 선동이를 만난 다음 날, 진종기 패거리는 다른 실험이라며 선동이 책상에 크림빵을 수북이 쌓아 놨다.

"이선동, 너 크림빵 좋아하잖아. 널 위해서 준비했다."

꼴통 1이 크림빵을 뜯어 선동이에게 들이밀었다. 꼴통 2가 먹으라고 선동이 팔을 툭 쳤다. 크림빵을 꾸역꾸역 먹던 선동이가 결국 헛구역질을 했다.

"그만둬. 먹기 싫어하잖아."

보다 못한 내가 자리에서 벌떡 일어났다. 종기가 자기 자리에 앉은 채 피식 웃었다.

"먹기 싫은지 네가 어떻게 알아? 물어봤어? 아니면 먹는 소리로 마음이 막 들리고 그래?"

마음이 들린다고 말하면 분명 날 몰아세우겠지. 그걸 떠나서 아직 어린이집 동창들에게도 새로운 능력을 터득했다고 말하지 않았는데, 비밀을 어설프게 발설할 수는 없다. 반 아이들의 흘깃거리는 시선이 거북했지만, 나는 이참에 다들 들으라는 듯이 장난이라고 갖다 붙인 폭력을 지적했다.

"억지로 강요하는 건 괴롭힘이야. 네가 하는 행동들은 폭력이라고."

종기가 히죽대며 선동이에게 물었다.

"야, 너 먹기 싫어? 억지로 먹는 거야?"

"아, 아니야. 먹고 싶어. 먹을게."

종기가 '그것 봐.' 하는 표정으로 나를 바라봤다. 선동이는 크림빵 하나를 다 먹고 다른 걸 뜯었다. 크림빵 몇 개가 바닥으로 떨어졌다. 꼴통 5가 크림빵을 주워서 책상에 올려 두었다.

"그러게 왜 반항해서 화를 자초해. 이제라도 만들겠다고 빌어."

말이 끝나기가 무섭게 종기가 눈을 부릅뜨자 꼴통 5가 입을 다물었다. 꼴통 3이 눈치를 보며 그런 말을 왜 하냐는 듯 꼴통 5의 옆구리를 툭 쳤다. 선동이와 패거리 사이에 자꾸 '만든다'는 말이 언급된다. 어제 효진이에게 사진에 관해 말한 뒤 선동이가 패거리에게 뭔가를 만들지 않겠다고 선언했던 걸까. 오늘 그 대가를 치르고 있는 것이고. 연결 지점에 퍼즐 하나만 놓으면 그림이 완성될 텐데, 난 그 퍼즐을 놓고 싶지 않았다. 분명 퍼즐이 완성되면 선동이도 죗값을 치러야 할 테니까.

선동이가 여전히 그 무언가를 만들지 않겠다고 버티고 있는지 다른 날에는 콜라가, 또 다른 날에는 삼각김밥이 무더기로 책상에 쌓였다. 억지로 마시게 하거나 먹게 한 뒤에는 선동이에게 먹은 값을 하라고 다그쳤다. 그 값은 강제로 무언가를 만드는 것이겠지.

자신을 투명 인간으로 만들려는 계획에는 순순히 따랐으나 다른 계획에는 더는 따를 생각이 없는 듯한 선동이는 매일 압박을 받았다. 정상적으로 학교생활을 하지 못할 만큼 자존감이 짓밟히자 결국 일주일 만에 단계가 변하며 2단계 비스킷이 되었다.

진종기 패거리는 선동이 자리를 둘러싸고 드디어 비스킷 2단계라며 호들갑을 떨었다. 그러고는 아이들을 불러 세워 선동이를 구경하도록 했다. 잘 알아보지 못하는 아이에게는 특별 서비스라며 선동이의 어깨를 툭 쳐서 목소리를 내어 어디쯤 있는지 알 수 있도록 했다. 그 악의에 치가 떨렸다.

이튿날 선동이는 결석했다. 담임 말로는 아파서 결석했다고 한다. 마음이 아프면 몸도 아픈 법. 집에 들르겠다고 메시지를 보내자 한참 뒤에 선동이로부터 주소가 적힌 답장이 왔다. 선동이는 내가 집에까지 찾아가는 이유를 모를 테지만, 나는 이 사태를 해결할 실마리를 찾아내기 위해 움직인 거였다.

초인종을 누르자 어제보다 온몸이 빛바래진 선동이가 현관문을 열었다. 동생이 공부하고 있다며 곧장 나를 자기 방으로 안내했다. 방에는 전문가들이 쓸 법한 영상 제작 장비가 설치되어 있었다. 중고로 사서 직접 커스터마이징 했다는 걸 보니 영상 기기에 대한 해

박한 지식이 있는 듯했다.

중학교 때부터 영상 제작에 관심이 있어서 이런저런 영상물을 만들었단다. 딥페이크 기술로 구현한 작품 몇 개를 보여 주며 자신이 만들었다고 자랑할 때는 잠깐 비스킷 2단계를 벗어나기도 했다. 인물이 말할 때 입 모양의 미세한 디테일을 보완하면서 즐거움을 느낀다니 영상 제작이 적성에도 잘 맞는 모양이었다. 비록 아이들과 어울리는 것이 서툴고 공감 능력도 부족한 편이나 선동이는 좋아하는 일이 있고 심지어 그 일을 잘한다. 아마도 진종기는 처음에 그 부분을 파고들었을 것이다.

"종기가 네가 만든 영상을 좋아해?"

종알종알 떠들던 선동이가 정지 상태에 놓인 화면처럼 말을 멈췄다. '어떻게 하지. 어떻게 알았지.' 불안해하는 감정이 날숨을 통해 들려왔다. 나는 인내심을 가지고 기다렸다. 추측만으로 선동이를 판단할 생각은 없었다. 선동이가 먼저 진실을 말해 주기를 바랐다.

"……잘 만들었다고, 만들어 주면 재미로 보겠다고 해서. ……조롱 놀이라고 했어. 모욕당한 걸 갚아 주려는데 방법이 이것뿐이니 친구인 나보고 도와달라고."

합성한 인물이 움직일 때 각도를 정교하게 연결하는 작업을 선동이가 전문가처럼 해낸다는 걸 확인한 후에는 칭찬이 이어졌다고 한

다. 와, 너 정말 천재구나. 선동이는 아무도 알아준 적 없는 자신의
재능을 인정해 준 것에 고무되었다. 그래서 처음에는 의심 없이 딥
페이크 영상을 만들었다고 했다. 슬랩스틱 코미디 영화처럼 혼자 넘
어지고, 교실에서 방귀를 뀌고, 웃긴 표정을 짓는 정도로. 그러다 모
르는 누군가의 얼굴 사진을 받았다. 그 애가 어떤 말을 하거나 특정
행동을 했는데, 그 모습을 딥페이크 영상으로 만들어 달라고 했다.
어렵지 않았다. 나쁜 일 같지도 않았다. 그냥 그 애가 과거에 한 일
을 장난삼아 다시 보여 주는 것뿐이라고 생각했다.

그러다 수치스러운 영상에 얼굴을 합성해 달라는 부탁을 받았다.
하고 싶지 않으면 안 해도 되지만, '친구'니까 부탁한다며.

얼굴만 떼어 다른 몸에 붙이는 데는 사진 한 장이면 충분했다. 한
번 부탁을 들어주자 요구는 계속되었다. 당연히 장난이라는 구실을
붙여서.

"미안해. 그런 영상을 만들려던 게 아닌데."

복도를 지나가다 본 적 있는 얼굴들이 '조롱 놀이' 대상이 되어
선동이 손에 맡겨졌다. 어디까지가 장난인지 종잡을 수 없었다고 한
다. 이 아이가 정말 이런 말을 했다고? 그 아이가 진짜 이런 모욕을
받을 행동을 자처했을까? 아는 아이가 딥페이크 영상의 대상이 되
었을 때는 만드는 내내 손이 떨렸다. 더는 장난으로 보이지 않았다.

죄책감이 들었다고 했다. 효진이를 만나고 난 뒤 일부러 자신과 친구가 되려고 다가온 다정한 아이가 놀림감이 되어선 안 된다는 생각이 강하게 들었다. 그래서 더는 딥페이크 영상을 만들지 않겠다고 선언했고, 결과는 다 알듯이 괴롭힘을 견디는 것으로 갚아야 했다.

선동이를 비스킷 3단계로 만들어 날 이기겠다고 벼른 것도 종기의 계략이었다. 내가 아지트로 선동이를 데려갈 경우 진실을 알 수 있으므로 접근을 차단할 구실이 필요했을 것이다. 딥페이크 영상 제작자를 발밑에 두고 마음대로 휘둘러야 하니까.

"영상은 어디다 올렸어?"

선동이는 펄쩍 뛰며 놀랐다.

"안 올렸어. 애들끼리만 본 거야."

손사래까지 치며 부정하는 걸 보니 정말 모르는 모양이다. 선동이는 종기 패거리를 믿고 싶어 하는 눈치지만, 영상은 이미 유튜브에 업로드되어 있다. 도령이가 찾아낸 채널이 진종기가 운영하는 것일 터다. 하지만 추궁하지 않기로 했다. 아직 충분한 증거가 있는 것도 아니니까.

선동이가 내게 뭔가를 말하려던 찰나 갑자기 집 안이 시끄러워졌다. 퇴근한 선동이 부모님이 들어오자마자 언성을 높이더니 급기야 싸움을 시작했다. 선동이가 풀이 죽은 채 문을 쳐다봤다.

"자주 싸우셔."

부모님은 원래 일상적으로 의견 차이를 보이지 않나. 우리 집만 해도 불과 며칠 전에 간식 차 문제로 대립이 있었고. 일방적으로 아버지가 핀잔을 듣는 걸로 끝났다.

선동이 부모님이 싸우는 소리를 가만히 들어 보니 경제적 문제에 더해 자녀 교육 문제와 성격 차이까지, 온갖 문제를 블랙홀처럼 끌어 들이는 것 같기는 했다. 다투는 동안 선동이 이름이 계속 들먹여졌다.

어제 담임이 선동이가 최근 지각이 잦다고 전화한 모양이었다. 담임 전화에 부모님은 선동이를 다그쳤고, 아이들에게 따돌려지는 상황을 들은 뒤 네가 참으라고 했단다. 아이들이 철이 없어서 그런 거라고. 여기까지는 그나마 괜찮았다. 다음으로 이어진 말보다는.

"애들이 괜히 그러겠니. 네가 뭘 잘못한 건 아니야?"

내 탓이구나. 내가 더 참았어야 했는데. 선동이는 자신에게 문제가 있어 괴롭힘을 당한 거라 생각하게 된 듯했다. 자꾸만 꺾여 가던 자존감에 결정적으로 타격을 준 존재는 부모님이었다. 지지는 못해줄망정. 하여간 부모님들은 자식이 잘되기를 바라면서 왜 믿지는 못하는 걸까.

"아, 쫌! 조용히 좀 해요. 시끄러워서 공부에 집중이 안 되잖아요."

선동이 동생이 신경질을 낸 뒤 방문을 쾅 닫았다. 얼어붙은 듯 거실이 조용해졌다. 이 틈에 나가려고 살며시 문을 열었다. 선동이 부모님이 뜨악한 표정으로 날 쳐다봤다. 선동이 친구라고 자기소개를 했는데도 표정이 좀체 풀리지 않았다.

"선동이 친구? 근데 선동이는 아직 학교에서 안 왔는데."

내 옆에 서 있는 선동이가 부모님 눈에는 보이지 않는 듯했다. 그럴 수 있다. 지금의 선동이는 비스킷 2단계라 관심을 깊게 기울여야만 볼 수 있다. 부모님과 선동이가 서로 상처받지 않도록 그런 부분을 잘 설명해야 한다. 할머니가 근원이를 배려했던 것처럼.

"어두워서 잘못 보셨나 봐요. 선동이는 여기 있어요."

부모님이 내 옆을 뚫어져라 쳐다봤다. 여기 있다고 말해도 안 보이는 건가. 이유가 뭘까. 부모님의 관심이 선동이에게 닿지 않는 것일까. 한참을 허공에서 헤매던 부모님이 가까스로 선동이에게 초점을 맞췄다.

"너 거기 있었어? 애가 음침해서 원. 넌 동생 공부하는데 친구나 불러들이고, 잘하는 짓이다. 동생 밥은 챙겨 줬니?"

"죄송해요. 제성이는 이제 갈 거예요."

공부 잘하는 동생과 비교당하고 있구나. 비교는 또 내가 못 참지.

"죄송하지만 한 말씀 드려도 될까요? 오늘 제가 집에 찾아온 건 선동이랑 친구가 되고 싶어서예요. 요즘 세상에 선동이만큼 착한 애도 드물거든요. 두 분도 그렇게 생각하시죠?"

내 딴에는 칭찬으로 분위기를 반전시켜 보려고 운을 띄웠는데, 뒤따라온 대답은 무척 기운 빠지는 말이었다.

"학교 선생이랑 똑같은 말을 하네. 착하면 뭐 하니. 성적은 바닥을 기는데도 맨날 방에 틀어박혀서 별 이상한 짓거리나 하고. 뭐가 되려고 저러는지. 난 도대체 걔를 이해할 수가 없어. 지금도 봐. 친구만 덜렁 남겨 두고 자기는 홀랑 방으로 들어갔잖아."

내가 반박하려고 하자 선동이가 더는 말하지 말라는 의미로 고개를 저었다. 가만히 뒤돌아서기에 나도 할 수 없이 따라서 집 밖으로 나왔다. 선동이가 미안하다면서 아파트 입구까지 배웅해 주었다.

"우리 집에서 나는 존재감이 없어. 내 동생은 공부를 잘하거든."

맞벌이인 선동이 부모님은 본인들은 물론 선동이까지 동생에게 맞추며 살기를 바라고 있었다. 선동이의 노력이 부모님 눈에는 잘 보이지 않는 것이다.

"근데 넌 왜 나한테 잘해 줘? 내가 비스킷이라서 잘해 주는 거야?"

"잘해 준다는 생각은 그닥 들지 않지만, 네가 비스킷이라서 돕고 싶은 건 맞아."

"왜 비스킷을 돕는 건데? 솔직히 귀찮지 않아?"

"아무도 알아보지 못하는 존재도 지켜 줄 누군가가 필요한 법이잖아. 아무도 알아보지 못하는 게 아니라고 알려 주고 싶기도 하고."

선동이의 숨소리가 다시 들려왔다. '나도 도와줄 수 있어?'라고 내게 묻고 있다. '학교에서 버틸 수 있을까?' 자신에게 묻고 있다. 자신에게 한 질문은 스스로 답해야겠지만 나에게 한 질문에는 당연히 응답할 수 있었다.

"국정원 비밀 요원 같은 분을 알고 있는데, 그분이 그러더라. 무엇에도 상처 입지 않는 사람은 없다고. 다들 상처 입으면서 산대. 그래서 상처 입은 마음을 다독여 줄 존재가 필요하고. 널 가장 응원해 주는 사람이 너 자신이 될 때까지 도와줄게. 그러니까 나 믿고 다음 주에는 학교에 나올래?"

이윽고 희미하게 깜박이는 모습으로 선동이가 고개를 가만히 끄덕였다. 도움을 바라는 자체가 상태를 바꿀 수 있다는 희망을 뜻한다. 자신을 지키고 싶은 마음이 있다는 거니까. 그 마음이 있는 이상, 비스킷은 무조건 내가 지켜 낼 것이다.

주말에는 아주 오랜만에 지안이와 데이트에 나섰다. 햇볕이 따사롭고 하늘도 푸르다. 그리고 지안이에게서 그 모든 걸 압도할 만한 좋은 향기가 났다. 검고 긴 머리카락을 귀 뒤로 넘기는 모습도 무척 예뻤다.

용돈 받기 전날이라 비상금을 탈탈 털어서 영화관 데이트 중이었다. 로맨틱 코미디 영화에 집중이 안 되고 자꾸 지안이에게 시선이 갔다. 지안이가 내 얼굴을 스크린으로 돌려놔서 겨우 영화를 볼 수 있었다. 남녀 주인공이 눈을 맞추더니 키스하는 장면이 나왔다. 저 여배우보다 지안이 입술이 훨씬 매력적이다. 지안이의 입술은 말랑말랑해 보이니까…….

정말이지 인정하고 싶지 않지만 여기까지 말했으니 숨김없이 실토하겠다. 지안이의 입술을 생각하다 보니 입 맞추고 싶다는 생각이 저절로 들었다. 한번 그런 생각이 드니까 그 생각을 머릿속에서 몰아낼 수가 없다. 어쩌지.

"왜 그래? 아까부터 안절부절못하고."

"어? 아, 아니야."

영화관에서 나온 뒤, 지안이 쪽을 보면 같은 생각만 맴돌 거 같아서 다른 곳만 바라봤다. 그러다 골목에서 입을 맞추는 연인이 눈에 들어왔다. 세상에! 대낮에 길거리에서 키스라니. 영화처럼 길거리에서 키스하는 사람들이 실제로 있다는 사실이 놀라웠다. 다른 사람이 볼까 봐 내가 괜히 떨렸다. 쿵쿵거리는 가슴을 진정시키는데 문득 의문이 들었다. 그나저나 키스는 어떻게 하는 거지? 키스와 뽀뽀는 다르다고 알고 있는데, 어떻게 다른지 이 나이가 되도록 모르잖아. 이럴 수가!

지안이와 어떻게 헤어졌는지도 기억나지 않을 만큼 정신없이 집으로 돌아왔다. 인터넷 검색 결과, 키스와 뽀뽀는 다르다는 결론이 나왔다. 간질간질, 몽글몽글, 콩닥콩닥. 그런 기분의 종합 선물 세트 같은 게 키스란다. 뽀뽀는 그중 하나만 선택한 단품이고. 대체 무슨 말이람. 둘 다 상상이 잘 안 됐다. 두근거림은 상상할 수 있는 영역이 아니고 막상 닥쳐 봐야 아는 걸지도 모르겠다. 어쨌든 첫 키스는 지안이와 하고 싶다.

첫사랑과 키스하면 온몸이 간지럽고 붕 뜨는 기분이 든다는 글도 봤다. 지안이도 내가 첫사랑이라고 했다. 사랑하면 닮는다는데 우리는 사귀기 전부터 냉소적인 성격이 무척 닮았다는 말을 효진이에게 듣곤 했다. 창과 창의 만남 같은 느낌이라나. 그건 좋게 보자면 만나기 전부터 운명이었다는 뜻 아닐까. 살뜰하게 챙기거나 애칭을 부르지는 않지만 꽃씨는 잘 자라서 새싹을 틔웠다. 곧 열매가 맺힐 날도 올 것이다.

그러니 만약에 내가 몇 년 안에 지안이와 키스하게 된다면, 어떻게 해야지만 지안이의 기억에 평생 남을 추억이 될 수 있을지 미리 고민해야 할 것이다. 첫 키스 장소, 첫 키스를 위한 분위기 잡는 법, 첫 키스 후 표정, 첫 키스 후 해야 하는 말, 첫 키스 후 지켜야 할 매너 등등을 검색하며 메모하다가 갑자기 부질없다는 생각이 들었다. 몇 년 안에 하게 될지도, 어쩌면 안 할지도 모르는 걸 벌써 고민할 필요는 없잖아. 아니지, 언제 할지 모르니까 당장 준비해 두는 게 맞지. 아니야, 지안이는 나랑 키스하고 싶은 생각이 없을 수도 있잖아. 더럽다고 생각할 수도 있고. 아니, 결혼도 할 건데 평생 키스를 안 할 수는 없어. 생각이 자꾸만 오락가락했다.

이런 고민을 해결해 줄 어른은 현재로서는 떠오르지 않는다. 급한 대로 효진이에게 전화를 걸었다.

"이 누나에게 그대의 고민을 말해 보시게나."

"왜 고민이 있다고 단정하지?"

"오늘 지안이랑 영화를 보고서는 저녁도 안 먹고 허둥지둥 집으로 돌아갔다고 들었네. 그 고민을 말하려던 게 아닌가 싶네만."

아참, 또 잊었다. 지안이가 효진이에게 점점 많은 것을 털어놓고 있다는 사실을. 게다가 경솔한 입을 가진 효진이에게 여자의 마음을 물어볼 생각을 하다니 나도 참 성급했다. 차라리 더 세심한 덕환이에게 질문하는 게 낫겠다. 챗GPT에게 묻든가.

"어서 상담에 참여하시게나."

묻지 않을 거라는 내 마음을 읽은 효진이가 계속해서 채근했다. 밑져야 본전이다.

"내가 하고 싶은 걸 상대도 원하는지 물어보지 않고도 아는 방법이 있어?"

"쉽군. 감정이 통하면 알 수 있겠지. 눈을 보면 상대가 하려는 말들이 가슴으로 전해지는 것처럼. 자! 다음 질문."

눈으로 감정을 전한다는 말인가. 눈싸움이라면 모를까 소중한 마음을 눈으로 전하는 건 아직 내게는 너무 어려운 개념이다.

"감정을 어떻게 눈으로 읽는데? 그러다 잘못 읽으면?"

"상대의 감정을 끊임없이 헤아리면서 짐작해 가야겠지. 제성스도 비스킷한테 그렇게 하는 거 아니었어? 표정이 어떤지, 무슨 생각을 하는 것 같은지, 뭘 원하는지 관찰해서 비스킷을 구해 왔잖아. 비스킷에게 끊임없이 관심을 주려고 노력하는 거. 이 누나는 제성스가 그런 방법으로 비스킷을 돕고 있다고 생각했는데."

머리가 띵하다. 사람 마음을 헤아리려면 결국 관심만이 정답이라는 간단한 이치를 자꾸만 까먹는다. 어느새 효진이도 성장한 걸까. 삶의 경험치가 쌓이면 이런 것들을 자연스럽게 터득할 수 있을까. 효진이는 내가 말하는 상대가 지안이라는 걸 눈치챘을 테지만 짐짓 모른 체해 주었다. 대신 한참 다른 주제로 수다를 떨다가 지나가듯 덕환이에 대해 물었다.

"그나저나 덕 도령은 네가 보기에 좀 나아진 것 같아?"

"뭐가?"

"요 근래 덕 도령 계속 저기압이었잖아. 어쩐지 인상도 어두워졌고. 약간 비스킷 같은 느낌이었는데, 몰랐어?"

"에이, 설마. 덕환이가 비스킷이 될 리가 없잖아."

말하면서도 뜨끔했다. 정말 나는 덕환이가 비스킷이 안 될 거라고 장담할 수 있을까. 그동안 덕환이의 숨에서 들어온 자기 비하를 어떻게 해석해야 할지 몰라 덕환이를 내버려뒀다. 하지만 언제까지 모른 척할 수 없다. 덕환이가 진짜 비스킷이 되기 전에 원인을 알아봐야겠다.

싹둑거리는 소리

"야구 이벤트 하던데 갈래?"

학교 축제에 마련된 야구장으로 효진이, 인설이와 함께 갔다. 멀리서부터 깡깡 소리가 나서 중간에 도망가려고 했는데, 인설이가 우는 얼굴을 하는 바람에 할 수 없이 같이 가게 되었다. 야구 방망이 휘두르는 방법을 알려 준 뒤 효진이가 먼저 타석에 들어섰다. 역시나 야구공이 날아오는 족족 받아쳤다. 인설이는 몸이 둔한지 공을 치려고 휘두르다가 야구 방망이를 날려 보내기 일쑤였다. 보기와 다르게 승부욕이 있는 인설이는 몇 게임이나 더 한 끝에 마침내 공을 칠 수 있었다. 게임을 끝내고 나온 인설이가 완전히 녹초가 되어 바닥에 주저앉았다.

"효진이 너는 잘 치네."

"종종 치러 가거든."

"그래서 애착 방망이를 들고 다니는 거야?"

"그건 어쩌다가. 사실 방망이보다는 야구공 냄새 맡는 걸 좋아해. 야구공 냄새를 맡고 있으면 옛날 기억이 떠오르거든."

효진이 엄마가 뺑소니 사고로 돌아가시기 전에 마지막으로 가족이 함께 다녀온 곳이 야구장이라고 한다. 그때 아저씨가 홈런 볼을 주운 기념으로 찍은 사진이 마지막 가족사진이 되었다.

뺑소니범은 아저씨가 붙잡았다. 경찰도 찾지 못한 뺑소니범을 집 념으로 추적해 잡은 일은 우리에게 전설과 같은 이야기이다. 음주 운전에 뺑소니까지 한 범인은 형을 집행받았다. 하지만 교도소 수감 만으로 합당한 죗값을 치렀다고 볼 수 있을까. 효진이 또한 범인의 결말을 납득할 수 없었던 모양이다. 우연히 알게 된 범인의 만기 출 소일에 맞춰 아저씨를 졸라 아주 좋은 야구 배트를 구매했으니까. 애착 방망이라고 매일 가지고 다니는 야구 배트는 실은 여전히 마음 에 남은 분노를 담은 도구이다. 야구 배트를 휘두를 때마다 분노를 조금씩 담아 날려 버리는. 뺑소니범이 곧장 병원으로 옮겼더라면 지 금 살아 계실 확률이 큰 엄마에 대한 그리움이기도 하고.

"다른 데도 더 둘러보자."

셰이크 판매점에서 잠시 쉰 효진이는 물풍선 던지기 이벤트장에서도 두각을 나타냈다. 역시 몸 쓰는 건 잘한다. 효진이를 응원하다 핸드폰에 와 있는 메시지를 놓쳐서 늦게 확인했다. 교문으로 가자 도령이가 멀끔한 차림새로 서 있었다. 머리를 짧게 쳐서 그나마 좀 인간다워진 느낌이다. 날 보자마자 왜 이렇게 늦게 오냐고 화를 낸다. 마치 우리가 만날 약속이라도 한 것처럼.

"왜 네가 우리 학교 축제에 온 거지? 결투라도 하려고?"

내가 혼자 온 걸 알면서도 도령이는 내 뒤를 흘깃거렸다. 간절한 눈빛으로 찾고 있는 사람이 누구인지는 뻔했다.

"결투는 무슨. 너희 학교가 축제 맛집이라고 해서 왔지."

효진이를 보러 왔으면서 잘도 아닌 척한다. 덕환이가 마음에 걸렸으나 여기까지 온 성의를 생각하니 그냥 돌려보내는 건 도리가 아닌 것 같았다. 그래서 효진이가 활약하고 있는 물풍선 던지기 이벤트장으로 도령이를 데려갔다.

물풍선 던지기는 사회문제심리탐구부에서 준비했다. 효진이는 '성별 갈라치기'라고 적힌 머리띠를 두른 부원을 향해 물풍선을 가차 없이 던졌다. 던지는 족족 머리띠에 맞았다. 이미 '지구촌 환경 문제', '노동자 안전', '장애인 차별'과 같은 사회 문제는 타파한 뒤다. 이 정도면 지구 평화를 위해 김효진을 우주 대사로 임명해도 될

판이다.

효진이가 물풍선으로 사회악으로 규정된 부원을 물에 빠진 생쥐 꼴로 만들자 아이들이 환성을 질렀다. 어느새 그 무리에 낀 도령이는 자기가 공을 세운 것처럼 가장 크게 환호했다.

"효진이도 어릴 때 비스킷이었다. 그것도 3단계."

도령이가 환성을 지르던 자세 그대로 날 바라봤다. 나는 슬슬 소음이 거슬리기 시작한 터라 후드를 당겨 쓰고 뒤돌아 걸었다. 예상대로 도령이가 뒤따라와 그게 무슨 말이냐고 물었다.

"네가 사라지든 말든 상관없다고 한 약한 존재가 김효진이었다고. 그때 만약 비스킷인 채 사라졌으면 저기서 물풍선으로 세상을 구하고 있는 효진이는 없다는 말이지. 너는 상관없다고 생각할 수도 있지만."

도령이가 물풍선 이벤트장을 돌아보더니 뛰어와서 날 붙잡았다. 드디어 마음을 정한 건가. 도령이의 표정이 더없이 진지했다.

"병원에 있던 그 아이, 희원이. 그날 집에서 희원이 생각을 하니까, 그게 뭐랄까, 구하지 않았으면 세상에서 사라졌을 거라고 생각하니까 마음이 좀 이상하더라. 답답하기도 하고."

아마도 이건 비스킷이 사라지도록 그냥 두고 볼 거냐는 질문에 대한 대답인 모양이었다. 그렇단 말이지? 마음에 불씨처럼 남은 복수심이 서서히 불꽃을 피워 내려 했다. 이제라도 도주에게 사과하라고 할까 고민하는데 멀리서 효진이가 나를 불렀다. 효진이가 다가오자 덩치에 어울리지 않게 도령이는 잔뜩 긴장했다.

"오, 제성스 친구인 척한 재미난 그쪽은 학교에 안 다니나? 여긴 어쩐 일?"

나는 효진이 머리에 손을 얹었다.

"뇌세포를 활용해 봐."

"나 보러?"

"아직은 쓸 만하군."

효진이가 말없이 내 목을 잡고 흔들었다. 내가 항복한다는 의미로 양손을 들어 올리자 슬쩍 목을 놓아줬다. 이런 과격한 모습을 보고도 좋아하는 걸 보니 도령이도 덕환이 과인가 보다. 대책 없다는 뜻이다. 인설이는 책 표지 꾸미기 이벤트 중인 도서부원들과 교대하러 가야 한대서 운동장에서 헤어졌다.

그때 학교에 있어서는 안 될 사람들이 눈에 들어왔다. 진종기와 꼴통들. 지금 저 애들은 정학 상태다. 진종기 패거리가 어째서 정학을 당했냐고? 내가 그동안 차곡차곡 모아 온 증거를 담임에게 제출하며 폭력으로 신고했다. 진종기는 계속해서 선동이를 괴롭힐 테고, 그 고리를 끊기 위해서는 이 방법밖에 없었다.

나는 우선 담임에게 상담을 요청했다. 겉보기에 친구처럼 보이는 패거리 사이에 선동이를 그냥 둘 수 없어서 상담 때는 괴롭힘을 당한 상황을 밝혔다. 선동이가 딥페이크 영상을 제작한 건 일단 비밀로 했다. 선동이로부터 더는 영상 제작을 하지 않겠다고 다짐을 받았으니 영상물이 어디에 쓰였는지는 차차 밝혀내기로 했다. 이번 신고는 증거 입증이 가능한 나만 나서기로 했다.

진종기가 질 좋은 부류는 아니라는 걸 담임도 알고 있던 터라 절차를 밟아 학교폭력대책심의위원회가 소집되었다. 당연히 진종기 측에서는 변호사까지 대동해 도리어 날 무고한 학생을 모함하는 파렴치한으로 몰고 갔다. 하지만 증거 앞에서는 그 더러운 힘도 속수무책이었다.

담임도 제 역할을 해주었다. 무너지려는 공정성을 지켜 냈다. 결국 진종기가 괴롭힘을 주도하고 꼴통들이 동조했다는 사실이 인정되어 사이좋게 정학 처분을 받았다. 정학 후에는 나와 분리 조치를 하기 위해 학급 교체가 이뤄질 예정이다. 진종기 패거리가 정학으로 출석하지 않은 첫날, 담임은 반 아이들에게 진지한 당부를 했다.

"괴롭힘을 당하거나 왕따를 목격해도 너희는 선생님에게 도움을 요청하지 않아. 왕따에 대한 의논 자체가 고자질이라고 생각하니까. 누가 자신을 따돌렸는지 혹은 누가 그 아이를 괴롭히는지 말하면 가해자들을 불러다 사실 관계를 확인할 테고, 그러면 고자질한 게 들통나서 2차 피해를 당할 거라고 보는 거지. 그래서 너희들은 어른을 믿지 못하고 그냥 혼자 고통을 감내하고 말아. 왕따를 이야기하는 건 결코 고자질이 아니라는 걸 너희가 꼭 알았으면 좋겠다. 왕따를 모른 척하고 방관하는 게 오히려 비겁한 행동이야. 그러니 피해자가 끊임없이 늘어나는 걸 두고만 보지 말아 줘."

그 누가 비스킷이 되더라도 선생님은 절대 가만히 있지 않을 것이고, 한 명 한 명이 너무 소중하다며 앞으로도 교실에서 누군가 고립된다면 반드시 차근차근 해결하겠다고도 덧붙였다. 다른 아이들은 모르겠으나 담임의 말은 적어도 담임 자신과 선동이의 마음을 움직였다. 담임은 자신의 의지를 아이들에게 직접 전하면서 스스로 비스킷에서 벗어났다. 마음이 부서진 아이들에게 버팀목이 되고 싶다는, 이 직업을 선택했을 때 품었던 사명을 되찾고 스스로 자존감을 회복했다.

"고마워. 네 말 듣기를 잘했어."

선동이도 다시 비스킷 1단계가 되었다. 진종기 패거리가 자신을 이용한 일을 마침내 인정하고 받아들였다. 아이들은 시선을 교환하며 진종기 자리를 오래도록 바라봤다. 괴롭히면 벌을 받는다는 지극히 당연한 논리가 잘 지켜지지 않는 세상인지라 진종기가 정학당한 자체가 반 아이들에게는 정의가 구현된 것처럼 느껴지는 듯했다. 그런 기본적인 것들이 쌓여 모두의 믿음이 된다.

그런데 근신하고 있어야 마땅한 얼굴들을 학교에서 본 것이다. 멀리서도 노여운 기색이 역력한 종기가 꼴통들을 윽박지르며 어딘가를 향해 걸었다. 수상하다. 따라가야 한다는 직감이 들었다. 효진이와 도령이만 두고 가는 상황이 찜찜하긴 했으나 저쪽 상황이 더 급하다. 나는 일이 생겼다고 얼버무린 뒤 두 사람과 헤어져 종기 패거리를 몰래 뒤따라갔다.

종기는 창고로 들어갔다. 창고 안을 볼 수는 없어서 최대한 청력을 예리하게 끌어 올렸다. 발소리가 들린다. 언성을 높이는 진종기와 웅얼거리는 꼴통들의 목소리가 뒤이어 들려왔다. 선동이와 나를 옭아매기 위한 작전을 짜고 있다. 계획이 너무 정성스러워 눈물이 다 날 지경이다. 정학이라 시간이 남아돌아 뭘 해야 할지 모르겠으면 나한테 물어보지. 한때 복수에 열중했던 선배로서 봉사 활동 목록이라도 전해 줬을 텐데.

내가 창고로 들어가려는 찰나, 누군가 후드를 붙잡았다. 효진이었다. 뒤에는 도령이가 쑥스러운 표정으로 서 있었다. 창고 안에서 들려오는 대화에 귀를 기울이느라 주변 소리는 미처 듣지 못했다.

만약 다가온 사람이 효진이가 아니라 다른 꼴통이었으면 난처할 뻔했다.

"여기서 뭐 해?"

혼자서도 멋지게 해결할 수 있지만 이왕 왔으니 진종기가 벌이려는 일을 설명해 줬다. 효진이가 벌떡 일어나더니 나는 얼굴이 알려졌으니 자신이 나서겠단다. 그 말은 어폐가 있는 게 효진이도 얼굴이 알려졌다. 어떤 면에서는 나보다 더욱. 여하튼 막상 창고에 들어갔는데 놈들의 타깃인 내가 먼저 붙잡히면 곤란해진다며 효진이가 자신이 들어가겠다고 우겼다. 효진이는 영화를 너무 많이 봤다.

"제발 폭주하지 마."

"이제 겨우 비스킷을 보기 시작했는데 저런 녀석들 때문에 앞길을 망칠 수는 없지. 아주 열정적으로 임할 거야."

아무래도 불안하다. 그때 도령이가 "같이 가 볼까?" 하고 아무렇지 않게 툭 한마디 던졌다.

"같이 가 준다면야 어떻게든 도움이 될 테니 나야 고맙지만 이대론 안 돼. 다른 학교 아이가 끼면 더 큰 싸움으로 번질 수 있어."

나는 주섬주섬 마스크를 꺼내 도령이에게 씌웠다. 이제 좀 안심이 된다. 보노보를 보고 안심이 되는 날이 올 줄은 정말 몰랐다.

두 사람이 창고로 들어가려 하는데, 갑자기 안에서 진종기와 꼴통들이 우르르 몰려나와 운동장 방향으로 사라졌다. 럭키! 신이 이제야 내 편이 되어 주려나 보다. 교대하듯이 우리는 창고로 들어갔다.

창고에 설치된 태블릿 PC 여러 대에서는 딥페이크로 제작된 영상들이 재생되고 있었다. 영상 하나가 끝나면 제작자 이름이 뒤따라 굵은 글씨로 나타났다. '1학년 5반 이선동'. 축제를 즐기러 모인 아이들을 창고로 불러들여 딥페이크 영상을 노출하려는 의도이다. 선동이를 협박해 영상을 만들게 한 장본인이 오히려 딥페이크 영상이 있다는 사실을 밝히는 이유는 나 때문이다. 내가 비스킷인 선동이에게 딥페이크 영상을 만들도록 협박했다는 이야기를 퍼뜨릴 계획을 세웠으니까. 아이들이 혼란해하고 분노하는 틈에 내가 범인으로 등장하는 가짜 영상을 보여 주며 여론을 장악할 거란다. 가짜 영상으로 가짜 범인을 만들어 내는 교묘한 방식이었다.

"아오! 짜증 나. 피해 당사자가 얼마나 고통받을지는 나 몰라라 할 작정인가 보네."

효진이는 발을 구르며 씩씩댔다. 발을 구르는 건 효진이가 아주 짜증 날 때 나오는 버릇이다. 옆에서 도령이는 효진이가 등장하는 영상들을 당사자가 보지 않도록 가리려고 큰 손바닥을 여기저기 애처롭게 펼치고 있었다.

진종기의 계획은 영상을 만든 제작자를 까발려서 선동이를 고립

시켜 비스킷 3단계로 만드는 거였다. 선동이에게 절망감을 주는 게 이 작전의 핵심이다. 그러면 눈엣가시인 나까지 나락으로 떨어뜨릴 수 있겠다는 계산. 멀쩡한 사람의 마음을 깨부수려고 막 나가기로 작정한 거다. 창고에 게임 아이템을 늘어놓듯 태블릿 PC를 배치하는 동안 죄의식은 찾아볼 수 없었다.

"일단 이것들부터 치우자."

치우기 전에 사진과 영상으로 증거 자료를 남겨 두는 것도 잊지 않았다. 근데 선동이에게 피날레로 선물해 줄 거라는 다른 준비물은 창고 안에서 찾을 수 없었다. 분명 "피날레로 쓸 건 준비해 뒀지?"라며 종기가 꼴통을 닦달했다. 또 다른 준비물은 대체 뭘까?

태블릿 PC를 챙겨 들고 나가려다 창고 안으로 들어온 꼴통 셋과 정면으로 마주쳤다. 본인들이 정성껏 준비해 둔 것들이 사라져 한바탕 욕을 늘어놨는데, 우리 쪽에는 그런 욕에 쉽게 반응하는 사람이 있었다. 권도령이 우람한 체구를 흔들며 앞으로 나섰다.

"넌 뭐야? 성제성 친구야?"

"내가 성제성 친구든 아니든 그게 너랑 뭔 상관인데?"

친구라는 거야, 아니라는 거야. 내가 헷갈려 고민하는 동안 도령이는 꼴통 세 명을 단번에 제압했다. 역시 운동부가 맞았던 모양이다. 도령이는 이런 일에 아주 익숙한 듯 꼴통들을 꿇어앉힌 뒤, 진종기가 피날레를 위해 준비하고 있는 게 무엇인지를 따져 물었다. 역시나 꼴통들도 이런 상황에 단련되어 있는지 입을 꾹 다물었다. 괜한 시간 낭비 같아서 선동이나 찾아보자고 창고를 나가려는데 꼴통 5가 날 불렀다.

"성제성! 그 녀석 끝까지 도와줄 거냐?"

선동이가 크림빵을 먹어야 하는 상황에서 유일하게 안타까워했던 꼴통이었다. 지금으로선 희망을 걸어 볼 수밖에. 나는 비장하게 고개를 끄덕였다. 꼴통 5가 꿇었던 다리를 풀더니 자리에 털썩 주저앉았다.

"딥페이크 영상. 그걸로 선동이를 흔든댔어."

옆에서 꼴통들이 배신이라고 아우성이다. 꼴통 5가 인상 쓰며 한때 동지들을 바라봤다.

"너희들도 이건 심하다고 생각하잖아. 비스킷 3단계가 되도록 내버려 두기 싫어서 다시 온 건데 이 정도는 협조해야지."

종기 앞에서는 동조하는 듯 보였으나 다들 속으로 해서는 안 될 일이라고 생각한 모양이다. 그래서 종기 몰래 창고로 되돌아와 태블릿 PC를 치울 계획이었단다. 그랬으면서 왜 욕을 했던 거야. 우리가 대신해 줬으니 고마워해야지.

그런 건 나중에 따지기로 하자. 지금은 더 중요한 정보가 필요하니까.

"무슨 딥페이크 영상? 제작자는 선동이 아니었어? 다른 애도 영상을 만들어?"

"요즘은 AI 프로그램으로도 만들 수 있어. 정교함이 좀 떨어져서 그렇지."

선동이를 주인공으로 제작한 영상인가. 준전문가에게 허접한 합성 영상을 보여 주겠다니, 진짜 역발상의 귀재네. 좋지 않은 의미로.

"너희도 선동이를 돕고 싶은 거 맞지?"

한 번 더 확인차 묻자 꼴통 5가 작게 한숨을 내쉬었다. 그걸 꼭 말로 해야 하냐는 물음이 한숨에 섞여 있어서 나는 피식 웃고 말았다. 다짐을 다시 묻는 대신 진종기가 지금 어디에 있는지를 확인했다.

선동이를 찾으러 간다고 나선 진종기의 행방은 꼴통들도 몰랐다. 선동이에게 전화를 걸어 보았으나 받지 않았다. 진종기도 마찬가지다. 할 수 없이 흩어져서 찾기로 했다.

창고에서 나오자마자 도령이가 당연하다는 듯 효진이 쪽에 붙었다.

"나는 너희 학교 애들 얼굴을 모르잖아."

내가 빤히 쳐다보자 어처구니없는 핑계를 댔다. 그래, 운동부 둘이 호흡 잘 맞춰서 찾아봐라. 나는 운동장으로, 운동부 두 사람은 태블릿 PC를 감춰 두고 건물을 뒤지기로 의견 일치를 본 후 흩어졌다.

이벤트장이 즐비하게 늘어선 운동장은 온갖 소리로 가득했다. 축제라고 들떠 있는 아이들 틈바구니에서 나도 덩달아 우왕좌왕하다 우연히 덕환이를 만났다. 직접 목격하고 충격받는 것보다 예방 주사를 먼저 맞히는 게 좋을 것 같아서 도령이가 효진이와 같이 선동이를 찾고 있다고 알려 주었다. 덕환이는 '도령'이라는 이름을 듣고 복잡한 표정을 짓기는 했으나 선동이를 우선 걱정하며 같이 찾아보기로 했다.

며칠 전 통화에서 효진이가 한 말이 신경 쓰여서 축제장을 누비는 틈틈이 혹시 덕환이가 비스킷이 되었는지 찬찬히 훑어보았다. 전혀 아니었다. 다만 숨소리가 불안정하다. 숨소리에 감정이 얽혀 있을까 들어 보려는데 덕환이가 우뚝 멈춰 섰다. 짜증이 묻어 있는 숨소리. 시선 끝에 교문이 있다.

뜻밖에도 교문 앞에는 손을 마구 흔들고 있는 창성이 형과 누가 봐도 끌려온 티가 나는 지안이가 서 있었다.

"역시 우리 동생이랑 나는 텔레파시가 통한다니까. 전화하려고 딱 핸드폰을 들여다보는 순간, 우리 동생이 등장하잖아."

"축제에 잡상인은 출입 금지인데요."

덕환이가 창성이 형이 싸 들고 온 카메라를 내려다보며 말했다.

창성이 형은 학창 시절 축제의 추억에 빠져 덕환이의 견제 따위는 귀에 들어오지 않는 듯했다. 대신 지안이가 설명한 바에 따르면, 카페에 들렀다가 오랜만에 출근한 창성이 형에게 축제를 한다고 말한 게 화근이 됐다고 한다. 축제라는 말에 창성이 형은 비스킷 영상을 촬영할 절호의 기회라며 짐을 쌌다. 지안이가 같이 오지 않으면 내가 상대해 주지 않을 거라고 판단했는지 지안이까지 억지로 끌고서는. 본의 아니게 창성이 형에게 빌미를 제공한 지안이가 골치 아픈지 미간을 눌렀다.

"형! 오늘은 그냥 돌아가요. 지금 무척 긴급한 일을 처리해야 해서 형이랑 놀 수가 없어요."

"우리 동생한테 긴급한 일이면 무조건 비스킷이랑 관련된 거겠지. 모름지기 학교는 소외된 아이들의 집합소지. 순간순간 외로움이 생길 수밖에 없는 구조야. 오늘 학교에서 비스킷 구하는 장면을 반드시 포착할 거라고 예언한다."

눈치 빠른 우리 학교 졸업생이 운동장으로 성큼성큼 들어갔다. 한시가 바쁜데. 아오, 진짜 골치 아프게 생겼다.

일단 카메라가 고가 장비들이라 잃어버릴까 우려되니 내 사물함에 넣어 두자는 창성이 형 때문에 교실로 향했다.

"이거 봐. 내가 거짓말하는지."

교실에 가까워지자 진종기 목소리가 들려왔다. 괜히 엉뚱한 곳을 뒤졌다고 생각하는데, 뒤이어 내 목소리가 들렸다.

"아! 이선동이랑 있으면 답답하다니까. 애가 좀 모자란지 말귀도 못 알아듣고 어눌하게 말해서 뭐라는지 알아들을 수도 없어."

어? 진짜 내 목소리가 맞다. 억양도, 말투도 완전히 나다. 근데 나는 저런 말을 한 적이 없는데. 이번엔 내 옆에서 같이 뛰는 덕환이 목소리가 들려왔다.

"걔 비스킷 만들겠다고 진종기가 벼르고 있는 거 아니야?"

아직 자기 목소리가 교실에서 흘러나오는 걸 모르는 덕환이는 내가 쳐다보자 왜 그러냐는 눈빛을 보냈다. 이거구나. 선동이를 흔들어 놓겠다는 딥페이크 영상이. 선동이를 주인공으로 수치스러운 영상을 만든 줄 알았는데, 잘못 짚었다. 선동이가 나에게 의지하고 있다는 걸 역이용해 내 진심을 거짓으로 만들 계획을 세운 거였다. 호락호락하게 당하지 않겠다는 의지를 담아 교실로 뛰어든 순간, 선동이가 들여다보고 있는 핸드폰에서 내 목소리가 또다시 흘러나왔다.

"잘 몰랐을 땐 비스킷 되는 게 안쓰러워서 도와주려고 했지. 근데 가까워지니까 진종기가 왜 그러는지 좀 이해되더라. 솔직히 이선동 처럼 찌질한 애는 크림빵이 아니라 사료나 먹이고 싶다니까. 그래야 주제 파악을 더 하지 않겠냐."

영상에서 내 말이 끝나자마자 선동이는 마음이 무너지며 비스킷 2단계로 변했다. 꼴통 몇이 감탄사를 흘렸다. 종기도 얼굴에 화색이 돌며 상황을 반겼다.

"도로 2단계가 됐구나. 조금만 더 하면 3단계 완성이네. 그럼 성제성, 너는 자퇴해야 하고."

진종기를 상대할 겨를이 없었다. 선동이가 오해하고 있는 부분을 바로잡는 게 급선무였다. 그런데 일이 잘못되려고 그랬는지 창성이 형이 뒤에서 튀어나오며 카메라를 선동이에게 들이밀었다. 진종기가 그 타이밍을 놓치지 않고 받아쳤다.

"야, 또 찍는 거야? 조회수 올리겠다고 비스킷들을 가지고 놀고 있네."

"그만해라. 비스킷은 너 같은 놈 장난감이 아니거든."

입꼬리에 비웃음을 단 채 종기가 정색하며 나를 봤다.

"성제성, 지금 누가 누굴 장난감 취급하고 있는데? 영상 촬영해서 이용해 먹으려는 네가 할 소리는 아니잖아. 어차피 이선동도 네가 어떤 놈인지 이제 실체 파악 끝났어."

점차 형체가 스러지는 선동이에게 손을 뻗었다. 어깨에 닿기 전, 선동이가 나를 돌아봤다. 마주친 눈동자는 공허했다. 계속 막다른 곳으로 몰리던 선동이는 지쳤을 거다. 지친 상태에서는 포기하고 싶은 마음이 드는 게 당연하다. 방금 네가 본 영상은 진종기가 꾸며 낸 딥페이크 영상이라고 해명해도, 선동이는 마음을 닫아걸기로 작정한 듯 아무 대꾸가 없었다.

덕환이가 안경을 매만지며 눈에 힘을 주었다. 선동이를 보지 못할까 봐 조바심이 일 것이다. 일단 봐야만 한다는 애타는 마음. 안경테를 붙잡고 미간에 주름이 지도록 눈에 힘을 주던 덕환이가 어울리지 않게 한숨을 내쉬었다. 어? 한숨에 자기혐오가 짙다. 찰나였을망정 덕환이가 희미하게 깜박였다. 내가 당황하는 사이 원래대로 돌아온 덕환이가 중재자로 나섰다.

"그만들 하는 게 어때. 너희도 정학 기간에 학교에 나와 있는 걸 걸리면 좋을 게 없을 테고. 무엇보다 오늘은 축제야. 다른 애들한테도 방해될 수 있으니 그만 돌아가."

진종기가 덕환이를 향해 코웃음을 쳤다.

"누가 학생회 아니랄까 봐 이 와중에 축제를 챙기네. 내 생기부도 좀 챙겨 줘 봐. 네 친구 덕분에 생기부에 학폭이 적혔잖아. 입시에 반영돼서 난 이제 원하는 대학도 못 가. 남의 인생 조져 놨으면 대가를 치러야지. 축제나 즐기고 있게 그냥 놔둘 순 없지. 안 그래?"

자신이 자초한 일인지 아닌지 구분이 안 되나. 한심하다는 감정이 내 표정에 드러났는지 덕환이가 참으라는 듯 눈짓했다. 때마침 도착한 효진이가 교실에 들어서며 촬영 중인 창성이 형을 향해 소리를 질렀다.

"뭐 하는 거야? 여긴 왜 왔어!"

창성이 형이 "쉿! 쉿!" 하면서 눈치를 챙기지 못한 채 카메라를 여러 방향으로 움직였다. 다들 인지하지 못하고 있었으나 현재 상황이 기록되고 있다. 진종기가 눈짓하자 꼴통 1이 창성이 형에게서 카메라를 빼앗아 바닥에 내동댕이쳤다. 도령이가 막으려고 했으나 순식간이었다. "내 카메라!" 하며 절규하는 창성이 형에게 진종기가 여유롭게 돈을 내던졌다.

"그걸로 새 카메라 사세요. 내 얼굴 들어간 영상 올리면 초상권 침해로 고소할 테니까 알아서 자중하시고. 이선동! 어딨어? 아! 거기 있구나. 잘 들어. 네가 만든 영상들, 그거 범죄야. 딥페이크 허위 영상물 제작하면 감옥 간다고. 대학은 고사하고 취업도 제한돼. 네 신상 정보도 다 까발려질 거고. 너희 집은 아무도 널 모르는 곳으로 이사 가야겠지. 오늘, 네가 딥페이크 영상을 제작했다고 학교랑 경찰한테 알릴 거야. 범죄자 새끼는 마땅히 벌을 받아야지."

종기가 적반하장으로 선동이를 협박했다. 질린 듯 온몸이 빛바래진 선동이가 부들부들 떨면서 겨우 입을 떼었다.

"그, 그, 그건 네가, 네가 만들어 달라고 했잖아."

"증거 있어? 성제성처럼 증거 모아 뒀어? 친구라는 놈이 그런 방법도 안 알려 주고, 네가 어떻게 되든 상관도 없었나 보네. 하긴, 널 이용해 먹었는데 친구는 무슨. 창고에다가 네가 만든 영상들을 전시해 놓고 네 반응을 촬영하려고 기다린 건 알아? 너 재한테 감쪽같이 속은 거야."

효진이가 목청이 터져라 "그거 네가 한 거잖아!"라고 소리를 질러도 선동이에게는 들리지 않는 듯했다. 선동이 귀에는 오로지 종기 목소리만 들리는지, 진종기가 이름을 부르자 어깨를 움찔했다.

"이선동, 범죄자 새끼! 딥페이크 영상으로 애들 조롱하니까 재밌었어? 거기 내 영상도 있냐? 영상 만들면서 신났지? 평소에 너 갈구던 놈들을 그렇게라도 발밑에 까는 거 같아서? 영상 만들면서 즐겼잖아. 맞지? 대답해 봐."

"더 지어내 보시지. 그래 봤자 너희 바닥만 드러나니까."

효진이가 틀렸다. 마음의 바닥을 드러낸 건 선동이였다. 선동이는 소리도 없이 울고 있었다. 쪼개지고, 조각나고, 부서진 마음이 눈물로 흘러내리고 있었다.

교실에서 일어난 소동에 아이들이 점차 모여들었다. 일단 여기서 벗어나서 차분하게 생각할 자리를 마련하려고 선동이를 불렀다. 선동이는 정신이 온통 다른 데 쏠려 있는지 대답이 없었다. 다시 부르니까 그제야 날 쳐다봤다. 그러고는 교실에 있는 사람들을 찬찬히 한 명씩 바라보았다. 선동이가 움츠린 채 혼잣말하듯 중얼거렸다.

"내가 죽어야 끝나겠지. …… 어차피 나한테 아무도 진짜 관심은 없으니까. 그래도 상관없겠지."

날 바라본 순간, 선동이가 비스킷 3단계로 바뀌었다. 온몸이 투명해지며 허공으로 녹아들 듯 지워졌다. 싹둑, 연결이 끊어진 듯 완전히 세상에서 사라져 버렸다.

10
뚜벅거리는 소리

선동이가 비스킷 3단계가 된 과정은 지금까지 말한 바와 같다.

내가 어디서부터 잘못한 걸까. 선동이를 찾아낼 수 있는 힌트는 무엇일까. 우리 팀도 모두 당황하고 있다. 우리는 지금껏 세상에 모습을 드러낼 용기가 사라진 사람이 오랜 시간 자신에게서 도망쳐야 비스킷 3단계가 된다고 생각했다. 그런데 선동이는 아주 짧은 시간 만에 마음이 부스러지며 3단계가 되었다. 기척도 완전히 사라졌다. 마치 세상에서 소멸한 것처럼.

하지만 당혹감에 마냥 헤매고 있을 수만은 없다. 부서진 마음의 부스러기 흔적이라도 찾으려면 움직여야 한다. 교실에서는 이미 선동이의 소리가 사라진 뒤니까.

내 머릿속을 제일 먼저 스친 장소는 다름 아닌 물탱크실이다. 선동이에게도, 나에게도 잠시 안정감을 줬던 그곳을 향해 재빨리 뛰어올라갔다. 그리고 과민한 청각을 이용해 비스킷의 소리를 듣기 위해 눈을 감았다. 소리의 궤적을 따라가면 많은 이야기를 들을 수 있다. 사방에서 들려오는 소리의 조각들. 소리는 자취를 남기고, 앞선 소리의 인과로 이야기를 맞춰 준다. 걸음을 옮기고, 말을 건네고, 물건을 내려놓는 소리가 인과를 이뤄 한 사람의 행동이 드러나는 법.

소리의 흔적을 예측해 숨겨진 이야기를 듣기를 바랐지만 실패했다. 아무리 귀를 기울여도 물탱크실에서 선동이의 소리는 들리지 않았다.

뒤늦게 쫓아온 우리 팀이 숨을 몰아쉬며 물탱크실 사방을 둘러보면서 눈치껏 비스킷을 찾았다. 창성이 형은 또 다른 소형 카메라를 들고 끈질기게 촬영하고 있다. 도령이는 지금 우리가 뭘 하는 건지 당최 모르겠다는 표정으로 허리에 손을 짚었다. 지안이가 내 팔을 붙잡곤 놓친 게 있는지 상황을 정리해 보자고 제안했다. 지안이가 붙잡아 준 덕분에 나는 잠시 숨을 골랐다.

"자, 지금 선동이가 눈앞에서 비스킷 3단계가 되었으니, 우리가 찾는 비스킷이 3단계라는 데는 이의가 없을 거야. 맞지?"

다들 고개를 끄덕였다. 비스킷이 나타나는 것만 보았지 사라지는 모습을 처음 본 창성이 형과 도령이는 흥분한 심정이 표정에 드러났지만, 심각한 분위기에 눌려 입을 다물고 있는 듯했다. 나는 틈을 주지 않기 위해 빠르게 상황 정리에 들어갔다.

"3단계는 세상과 접점을 잃은 상태에서 생겨. 주변과 인연이 끊겼다든가, 잊힐 만한 계기가 있다든가, 방치된다든가. 이전에는 자존감이 무너진 시간이 길면 3단계가 된다고 봤는데, 선동이는 2단계가 된 시기도 길지 않아. 마음이 단시간에 완전히 부서질 수 있다는 게 확인된 거야."

"단순하게 보면 비스킷 2단계에서 3단계가 된 순간을 목격한 거 아니야? 어차피 비스킷은 단계를 왔다 갔다 할 수 있다며?"

도령이가 어울리지 않게 좋은 의견을 말했다. 역시 비스킷을 연구한 게 맞나 보다. 이전에 지안이와 도주를 본 적도 있으니 의외로 비스킷을 찾는 데 유용한 인재가 될지도 모르겠다.

"맞아. 지금까지 비스킷 3단계를 만난 적이 단 두 번뿐이라 마음이 부서질 때까지 오랜 시간이 걸린다는 편견을 가졌던 것 같아. 돌이켜 보면 희원이도 경찰 신고 직후에야 3단계가 되었거든. 다만 세상에서 사라지기 직전의 3단계는 기척이 느껴지는데 선동이는 전혀 느껴지지 않아. 세상에서 사라지려고 마음먹어서 그럴 거야. 그러니 우리가 선동이를 찾아내기 위해서는 3단계 비스킷에게 어떤 특징이 있는지부터 정확히 짚어 봐야 해. 그때 기분이나 느낌이 어땠는지 효진이가 말해 줄래?"

덕환이와 나는 이미 여러 차례 들어 알고 있으나 다른 사람들의 이해를 돕고자 질문했다. 효진이가 기다렸다는 듯 곧바로 대꾸했다.

"내 눈에도 내 모습이 인지가 안 될 정도여서 몸이 안 보인다는 건 금세 알 수 있었어. 근데 몸보다 더 큰일은 마음이야. 마음이 어둠에 먹힌 것 같았거든. 마치 벽 너머에 있는 것처럼 세상이 흐릿하게 보였어. 목소리도 어딘가 먼 곳에서 들려오는 것 같았고."

"너는 어떻게 어둠에서 벗어난 것 같아?"

"아주 희미했지만 어떤 목소리가 들렸어. 누구의 목소리인지 더 또렷이 듣고 싶은데 마음대로 움직여지지 않아 어쩔 줄 모르겠더라. 그러다 내 이름이 김효진이라는 데 생각이 미치니까 잊고 있던 기억이 마구 떠밀려 왔어. 그제야 목소리도 제대로 들리고 세상이 환하게 바뀌더라고."

"그 목소리는 누구였는데?"

도령이가 자신이 그곳에 있었으면 멋지게 구해 냈을 거라는 아쉬움이 깔린 목소리로 묻자 효진이가 내 어깨를 툭 쳤다.

"제성스. 당시에는 덕 도령이랑 더불어 내 보호자였지."

'도령'이라는 말에 덕환이와 보노보가 동시에 얼굴이 환해졌다.

그러다가 문득 자신은 '덕 도령'이 아니라는 사실을 깨달은 듯 보노보가 주변을 두리번거렸다. 덕환이의 애칭을 모르니 그럴 만했다.

"효진이 말대로 3단계라도 세상과 완전히 단절되는 건 아니야. 비록 선동이가 사라지기는 했지만, 어떻게 해야 할지 몰라서 갈팡질팡하고 있을 거야. 아직 학교를 벗어나지 않았을 가능성이 높아. 다시 기적이 느껴질 수 있으니 세심하게 찾아보자."

일단 선동이를 찾는 조를 짜기로 했다. 최대한 넓은 반경을 뒤지기 위해 2인 1조를 제안하자 눈빛이 서로 엇갈렸다. 나는 당연히 지안이와 조를 짜려고 했고, 창성이 형은 나랑 조를 하고 싶어 했다. 덕환이와 보노보는 효진이와 한 팀이 되고 싶은 기색이다. 우리의 관계성을 인지하고 나자 어떤 방식으로 나눠도 답이 나오질 않았다. 창성이 형과는 아무도 조를 이루고 싶어 하지 않는다. 효진이를 다른 누구와 붙여 놓아도 나머지 조합이 문제가 된다. 3인 1조도 마찬가지였다. 삼각관계로 불편하든 말든 선동이를 우선 고려해 제비뽑기라도 하려는데, 지안이가 한숨을 푹 쉬곤 다시 내 팔을 붙잡았다.

"창고부터 같이 가 보는 편이 낫지 않을까? 아까 걔가 하는 말을 들으니까, 나라면 창고에 가서 전시해 놨다는 게 뭔지 확인하고 싶을 것 같아."

역시 내 여자 친구답게 현명하다. 지안이처럼 선동이도 창고에 있던 태블릿 PC를 치웠다는 사실을 모른다. 여러 이유로 '창고'가 마음에 걸릴 것이다. 우리는 서둘러 창고로 달려갔다.

창고는 우리가 나온 뒤로 누가 건드린 듯 물품이 흩어져 있었다. 선동이는 보이지 않았으나 발소리라고 부르기엔 강도가 약한 어렴풋한 기척이 느껴졌다. 나는 다들 숨을 참고 조용히 해 달라는 의미로 손가락을 입술에 댔다.

청각 과민증은 특정 소리에 민감하게 반응하므로 온갖 소리를 정확히 구분하여 발소리에만 집중했다. 눈을 감은 채로 호흡마저 잠시 멈췄다. 구석에서 소리가 들렸다. 형체는 보이지 않는다. 신경을 집중해 발소리가 나는 쪽을 바라보자 실선이 그려진 듯한 투명한 남자아이가 있었다. 그러나 호흡처럼 얕은 소리가 사라지며 선과 같은 형태도 어둠으로 빨려 들어가듯 금세 소멸했다.

다시 귀를 기울여 보았다. 더는 아무 소리도 들리지 않는다. 어디 있는 거야, 선동아. 포기하고 싶은 순간, 효진이가 숨을 깊이 들이마셨다. '너무 조급해하지 마. 같이 구하면 돼.' 효진이의 속마음이 들려왔다.

효진이가 사방을 향해 냄새를 맡았다. 다들 선동이를 구하고 싶다는 같은 마음을 품고 있다. 효진이가 속으로 전해 준 응원 덕에 나도 조금은 조급함을 내려놓았다. 조급하면 오히려 일을 망칠 수도 있기에 다시 선동이 소리에 차분히 귀를 기울였다.

"저쪽에서 새벽 공기 냄새가 나."

효진이가 입구를 가리켰다. 그 방향에서 새벽에 처음으로 맡는 공기 같은 냄새가 흘러오고 있다고 했다.

새벽 공기 냄새라고? 어떤 냄새인지 나로서는 잘 가늠이 되지 않지만, 효진이가 맡았다면 비스킷이 상당히 위험한 상태에 놓여 있다는 뜻일 터다. 소리로든, 냄새로든 선동이가 완전히 사라지기 전에 따라잡아야 한다.

냄새가 이동하고 있다고 해서 창고 밖으로 나갔다. 효진이가 실오라기 같은 단서라도 얻기 위해 눈을 감았다. 사방에 흩어진 냄새 가운데 오로지 새벽 공기 냄새를 포착하기 위해 길을 잃은 사람처럼 헤매고 있다. 그러다 새벽 공기 냄새가 다시 난다며 체육관 방향으로 뛰기 시작했다.

점점 노랫소리가 크게 들려왔다. 효진이가 체육관 문을 연 순간, 나는 휘청이며 귀를 두 손으로 막았다. 스피커에서 밴드부의 음악이 고막을 찢을 듯 울렸다. 청각 신경을 활짝 열고 다닌 탓에 속수무책으로 큰 소리에 노출되고 말았다. 청각 과민증이 소리 공포증을 불러오고, 소리에 강박을 느끼는 증세까지 겹쳐서 나타났다. 큰일이다.

체육관이 점점 납작해지며 몸이 짓눌리는 기분이 들었다. 최대한 몸을 웅크린 채 소리의 습격으로부터 벗어나려 했다. 그러나 한 번 소음을 인식하고 나니 점차 더 숨쉬기가 어려워졌다. 어쩌지. 하필 이때.

괴로워서 두 손으로 강하게 귀를 막고 있는데, 갑자기 등에서 따듯한 기운이 느껴졌다.

"괜찮아. 괜찮아."

지안이가 나를 감싸 안으며 어깨를 토닥였다. 엉킨 숨이 서서히 풀어졌다. 호흡이 제자리를 찾아가며 소음도 차츰 스러져 갔다. 지안이에게 기댄 채 고개를 들자 덕환이가 축제 실행 위원에게 손짓을 마구 섞어 뭔가를 말하고 있는 모습이 눈에 들어왔다. 효진이는 몸이 먼저 반응했는지 스피커에 꽂힌 케이블을 뽑아내고 있다. 저 바보. 그건 뽑아 봤자야. 계속 소리 날걸. 나는 피식 웃음이 나왔다. 그래, 혼자가 아니다. 내 곁에는 혼자 헤쳐 나가지 않도록 날 지켜 주는 친구들이 있었다.

축제 실행 위원의 요구에 따라 밴드 연주가 멈췄다. 음악에 심취했던 아이들은 갑자기 공연이 중단되자 웅성댔다. 지안이의 부축을 받으며 일어나니 어린이집 동창들이 가슴을 쓸어내렸다.

체육관을 빼곡하게 채운 아이들이 공연을 임의로 중단시킨 우리를 치뜬 눈으로 쳐다봤다. 카메라를 든 창성이 형이 갑자기 주목받은 상황에 고무된 듯 카메라를 현란하게 움직였다. 형, 저 눈빛들은 환영의 의미가 아니에요. 말해 봤자 못 알아들을 테니 그냥 형에게서 시선을 돌렸다.

"갑작스럽게 공연을 중단시킨 점 사과드립니다. 지금 친구를 찾고 있는데요. 잠시만 조용히 해 주실 수 있을까요?"

마이크 볼륨을 최소로 낮추고 덕환이가 양해를 구했다. 왜 친구를 여기 와서 찾아. 자기들 편하자고 공연을 마음대로 끊어도 되는 거야? 한창 신났는데 분위기 망치고 있네. 여기저기서 표출되는 불만들. 우리는 체육관 한가운데에 불청객처럼 서 있었다. 보컬이 마이크를 돌리자 이목이 쏠렸다.

"너희, 비스킷 찾는 거야?"

돌연 정적이 흘렀다. 난감하다. 대답 없이 있자니 이번에는 정적을 깨고 우리를 유튜브로 봐서 안다는 목소리들이 들려왔다. 보컬이 한층 목소리를 높이며 물었다.

"비스킷 찾는 게 아니면 난데없이 공연을 중단할 이유가 없잖아. 안 그래? 너희가 지금 찾는 비스킷이 몇 단계인데? 유령 같은 2단계? 아니면 설마 3단계?"

쇼맨십에 취해 있는 보컬을 냉랭함이 감도는 덕환이가 제지했다.

"선배, 비스킷을 재밋거리처럼 말하지 마세요."

보컬이 장난스럽게 입술을 삐죽 내밀었다.

"무슨 말인지 모르겠네. 아무튼 지금부터 유튜브 영상에 나온 대로 너희가 비스킷을 찾는 기술을 선보인다는 거잖아. 좋아, 해 봐."

더 말해 봐야 이쪽 인내심만 바닥날 거다. 덕환이도 그렇게 판단했는지 마이크를 끄고 바닥에 내려놨다. 다들 보는 앞에서 비스킷을 찾아야 하는 게 꺼림칙했지만 참았다. 지금 비스킷을 찾지 못하면 기회가 영영 사라질지도 모르니까.

완전히 형체가 사라진 3단계의 기적을 찾기란 상당히 어렵다. 아직 귀가 먹먹하고 가슴이 답답해서 저절로 인상이 찌푸려졌다. 눈을 감고 소리를 포착하려고 몇 번이나 청각에 집중해 봤으나 잘 안 되었다. 아이들이 조금씩 움직이는 소리가 덧입혀지며 선동이만의 소리는 들려오지 않았다.

나는 효진이에게 배턴을 넘기기로 했다. 어쩌면 세상에서 사라지기 직전, 어두운 세계를 들여다본 효진이만이 비스킷 3단계를 찾는 나침반이 되어 줄지도 모르겠다고 생각하면서. 나에게 고개를 끄덕인 효진이가 비장한 표정으로 비스킷 찾기에 돌입하는 대신 마이크를 들었다.

"다들 눈 감아."

효진이가 다짜고짜 눈을 감으라고 하자 다들 어리둥절한 채 도리어 웅성댔다. 그런 아이들을 둘러보며 효진이가 말을 이었다.

"비스킷은 자신을 최악의 상태로 몰아서 세상에서 사라지려고 하는 존재야. 모르겠어? 지금 우리가 찾으려는 비스킷은 장난감이 아니라고. 이 학교에서, 너희들 옆에서 같이 지내던 사람이라고. 교실에서 함께 수업 듣고, 급식실에서 본 적 있는 친구를 찾는 일에 관심 없는 인간들은 그냥 눈 감고 있어. 그게 최소한의 예의라는 거야. 비스킷을 재미 삼아 구경하는 일은 내가 용납 못 해. 비스킷이 세상에서 완전히 사라질까 봐 걱정되는 사람만 눈 뜨고 비스킷을 찾아 줘. 눈으로 찾든, 새벽 공기 냄새가 나는 그 아이의 체취를 살피든, 이름을 불러서 세상으로 데려오든. 뭐든 노력할 사람만 이제 눈 뜨고 너희가 진짜 사람이라는 걸 보여 줬으면 해."

알 것 같다. 선동이에게서 새벽 공기 냄새가 난 이유를. 새벽 공기는 그 애에게 다가가기 위한 허들이었을 것이다. 새벽 공기 냄새를 맡으려면 일찍 일어나 밖으로 나서야만 한다. 그런 수고를 한 사람만이 느낄 수 있는 게 바로 새벽 공기다. 비스킷의 마음을 들여다보기 위해 시간을 내고, 노력해야 하는 것처럼. 선동이는 서늘해진 마음을 덮느라 그동안 힘겨웠을 테고, 자신의 세상으로 발 디뎌 줄 누군가를 찾기 위해 자신만의 냄새를 풍기고 있었다.

효진이의 호소에 아이들이 수선스럽게 주변을 돌아봤다. 서로 귓속말하고 어딘가를 가리키는 아이들. 눈을 감은 아이는 없다. 호소가 먹히지 않은 걸까 싶었을 때 한 아이가 효진이를 향해 외쳤다.

"걔 이름이 뭔데? 이름을 알아야 부르지."

효진이가 단발머리가 찰랑일 정도로 고개를 빼며 답했다.

"이선동. 1학년 5반 이선동이야."

"우리가 이선동을 부르면 비스킷에서 벗어날 수 있는 거야?"

"진심으로 부르면 선동이도 들을 거야. 아직은 마음이 갇혀 있어서 아무 소리도 안 들리고 온통 어둠일 테지만 분명 진심은 통할 거야."

곧이어 아이들이 연대하여 힘차게 선동이를 불렀다.

"선동아! 이선동!"

양손을 입 주변에 모으고 애타게 외치는 이름에는 '네가 거기 분명히 존재한다는 사실을 알고 있으니 힘이 되어 주겠다'는 마음이 담겨 있었다. 선동이가 아이들의 외침에서 그 마음을 느끼길 바랐다.

이윽고 효진이가 시선을 체육관 외벽 쪽으로 고정했다. 고인 것처럼 새벽 공기 냄새가 한곳에서 짙어졌다면서. 희미한 숨소리 끝에 정말로 선동이가 비정상적인 형태로 뭉그러져 있는 게 보였다. 아, 다행이다. 선동이를 찾았어.

"헐, 사람이 아니잖아. 다들 안 보여? 저기 벽 앞에 투명한 괴물 같은 게 있잖아."

보컬이 손가락을 뻗는 순간, 괴물이라는 말이 기폭제가 된 듯 선동이가 갑자기 움직였다. 벽에 순간적으로 그림자가 비쳤다가 사라졌다. 3단계 비스킷까지는 보지 못했더라도 그림자가 움직이는 모습은 모두 봤다. 기타리스트가 보컬의 뒤통수를 후려쳤다. 보컬도 자신이 말실수했다는 걸 뒤미처 깨달았는지 별말 없이 뒤통수를 문질렀다.

곧 소음이 넘쳐 났다. 자신들이 본 것이 비스킷 맞냐고 묻는 아이들의 손을 뿌리치고 나는 벽으로 달려갔다. 선동이는 다시 사라졌지만 분명 나타날 것이다. 왜냐하면 조금 전보다 더 선동이를 부르는 외침이 커졌으니까. 자신을 돕겠다는 외침이 하나가 되어 가슴을 쿵쿵 울리고 있는데 나타나지 않을 리가 없다.

따뜻한 기운이 내 바로 옆에서 느껴졌다. 눈을 뜨자 선동이가 조금 전보다 선명해진 희뿌연 모습으로 서 있었다. 비스킷을 알아본 아이들이 환호했다. 선동이가 내뱉는 숨소리에는 여전히 망설임이 가득하다. 자신이 세상으로 돌아가도 괜찮을지 묻고 있었다. 그럴 거다. 자신을 향한 외침에 진심이 담겨 있는지, 아니면 한 번의 이벤트처럼 분위기에 휩쓸린 놀이일 뿐인지 잘 알 수 없을 테니까.

"다들 네가 돌아오길 기다리고 있어."

"진심으로 날 기다리는 거야?"

"그래!"

어느새 합류했는지 창고에서 만났던 꼴통 셋이 다가왔다. 호기롭게 외칠 때와는 달리 막상 선동이 앞에서 고개를 들지는 못했지만 용기를 냈다. 서로 옆구리를 툭툭 치며 네가 말하라고 떠밀다가 결국 꼴통 5가 머리를 긁적이며 선동이에게 손을 내밀었다.

"미안. 네가 일부러 영상을 만든 게 아닌데 몰아가서. 죄가 없다는 걸 증명할 수 있도록 열심히 도울 테니까 사라지지 마."

꼴통 5의 손을 내려다보던 선동이가 천천히 그 손을 마주 잡았다. 선동이는 소리 없이 울고 있었다. 벌써 용서한 거냐는 말이 들려왔다. 잘 모르는 아이들이 보기엔 바보 같을 정도로 착하다고 할 것이다. 그게 선동이의 매력인 줄도 모르고. 그래도 조금 더 소리 내어 울면 좋을 텐데. 왜 숨죽여 우는 거야. 나까지 코끝이 찡하게.

울음을 그치고 나자 어둠에 싸인 듯 희미했던 선동이의 모습이 선명하게 밝아졌다. 선동이를 함께 찾아 준 아이들이 선동이가 비스킷에서 벗어나는 모습을 실시간으로 지켜보며 탄성을 질렀다. 스스로 단단한 껍질을 부수고 세상으로 나온 비스킷을 모두가 축복하는, 완벽한 해피 엔딩이었다.

"뭐야? 원상태로 돌아온 거야?"

불쑥 진종기가 나타났다. 역시나 신은 그렇게 쉽게 해피 엔딩을 주지 않는다. 아직 불안정한 선동이가 다시 희미하게 깜박였다.

"종기야, 그만하자, 이제."

꼴통 5가 말리려는데 꼴통 2가 중간에 끼어들며 어깨를 밀었다. 아마도 보는 눈이 많아 힘을 조절한 것 같았는데, 그래도 꼴통 5가 중심을 잃을 정도였다. 아이들이 떨떠름한 표정으로 조용히 지켜보고 있었다. 주변을 의식하며 진종기가 머리를 굴리는 게 눈에 다 보였다. 그래서 이전과 같은 전개가 되기 전에 내가 먼저 선수를 쳤다.

"진종기, 창고에 설치해 둔 태블릿 PC는 내가 치웠어. 네가 선동이를 협박해서 학교 애들 얼굴로 만들게 한 가짜 영상들은 내 손에 있다는 뜻이야."

종기 얼굴에 당혹스러움이 스쳐 갔다. 방금 들은 정보를 이해하느라 아이들이 분주해졌다. 이해력이 좋은 아이들은 벌써 진종기를 싸늘하게 바라보고 있었다.

"우리 얼굴로 가짜 영상을 만들었다고?

"무슨 영상?"

수군거리는 소리가 커졌다.

"오해하지 마. 난 선동이한테 딥페이크 영상 제작은 잘못이라고 말했을 뿐이야. 그리고 교실에서도 말했지만 가짜 영상은 성제성이 준비한 거야. 생사람 잡지 마."

"증거 있냐고 했었지? 조금 전에 어깨를 떠밀린 저 애가 증인이야. 너한테 동조하지 않으려고 영상을 치우러 갔었으니까. 이제 너한테 협조하지 않고 진실을 말할 거야."

"증거는 나도 있어. 그러니까 이 새끼 믿지 마. 성제성이랑 이선동이 짜고 딥페이크 만드는 영상 있거든. 내일 보여 줄게."

"왜 지금 보여 주지 않고? 아, 딥페이크 영상 제작할 시간이 필요하겠네. 내가 선동이를 꼬드기는 영상만 만들어 뒀고, 그건 가짜라는 게 들통났으니까. 시나리오가 바뀌었으니 오늘 열심히 만들면 되겠네. 그럼 내일 가짜 영상이 떠돌 테고."

제 꾀에 제가 넘어간다는 속담이 지금 딱 어울리는 말이다. 그러나 진종기는 질세라 주특기를 발휘했다.

"야! 성제성, 제발 좀 말이 되는 소리를 해라. 여전히 정신 병원에서 치료받는 네 말을 이성적인 애들이 믿을 것 같아?"

"진종기, 이 체육관 안에서 가장 자존감이 낮은 사람이 누군지 알아? 바로 너야. 그러니까 모욕받았다고 생각되면 치졸한 방법을 써서 아이들 얼굴을 합성하고, 그런 가짜 영상을 보면서 만족했겠지."

덕환이와 효진이의 악의적인 소문도 분명 진종기가 퍼뜨렸을 터다. 1학기 초에 반 아이들에 관한 거짓 소문을 퍼뜨렸듯이. 눈에 보이지 않는 소문을 보이는 형태로 만든 것이 가짜 영상일 테고. 비스킷 히어로의 실체 어쩌고 하던 유튜브 계정 역시 악의를 노출하려는 수단이었을 것이다.

"와, 최악이다."

어딘가에서 힐난하는 말이 들려왔다. 그 말이 물꼬를 튼 듯 진종기를 비판하는 말들이 쏟아졌다. 자기 얼굴도 합성당한 게 아닌지 걱정하는 목소리도 들렸다. 아이들의 태도가 변하자 진종기와 함께 체육관에 들어온 꼴통 셋이 슬슬 뒤로 빠져나가려고 했다. 그 모습을 놓치지 않고 아이들이 문을 막아섰다.

"해명하고 가."

"비켜! 우리랑 상관없어. 그거 다 진종기가 시킨 거야."

꼴통 3이 변명을 내뱉었다. 아이들이 어이없어했다.

"너희들도 동조했잖아. 이제 와서 발 빼기야?"

"선동이 괴롭힌 것도, 딥페이크로 애들 영상 만든 것도 진종기가 다 계획한 거야. 우리도 피해자야. 진종기 때문에 애꿎은 우리까지 정학당했다고."

멀리서 봐도 꼴통들은 진종기의 친구로는 보이지 않았다. 적당히 데리고 다니며 본인 손으로 하기 싫은 너절한 일들을 대신하는 부하가 딱 어울리는 말이었다. 그렇기에 힘을 잃은 대장을 따를 이유가 없다는 듯 서로 책임이 없다고 우기기에 바빴다. 도덕적 기준이 참으로 낮은 애들이구나 싶었다. 시키는 일만 했다고 해서 책임이 없어진다고 믿다니.

아이들의 험악한 눈빛이 자신에게로 쏠리자 진종기가 한 발 뒤로 물러섰다.

"갑자기 왜들 그래? 장난이었잖아."

"상대도 즐거워야 장난이지. 네가 한 건 범죄야."

진종기의 변명에 내 속에서는 분노가 맹렬히 커지고 있었다. 그러나 화를 내야 할 사람은 내가 아니었다. 딥페이크 영상으로 피해를 본 아이들과 철저한 계획 하에 자존감을 짓밟힌 선동이었다.

나는 선동이를 가만히 바라봤다. 그리고 진종기에게 복수하고 싶은지 물었다. 선동이는 분한 표정인 진종기를 물끄러미 보다가 고개를 저었다.

"그러고 싶지 않아. ……신뢰를 잃은 관계는 지울래."

바람직하다. 단순한 용서가 아니라 자신이 선택한 결과를 받아들이면서 자존감을 얻을 테니까. 스스로 결정을 내린 후 선동이는 완벽하게 비스킷에서 벗어났다.

종기도 더는 마음대로 아이들을 조종할 수 없다는 걸 깨달은 듯했다. 이미 사태가 여기까지 왔으면 더는 발뺌하기가 어렵다는 것도. 그러나 그 자각이 엉뚱한 방향으로 틀어졌다.

"하, 이게 다 성제성 너 때문이야."

종기가 내 멱살을 움켜잡으려고 달려들자 도령이가 앞으로 나섰다. 그러고는 마스크를 쓴 채 종기에게 잽을 날리는 시늉을 했다.

"넌 또 뭐야?"

"나? 김효진을 좋아하는 사람."

도령이의 말에 체육관에 환호성이 울렸다. 아, 저 또라이. 이젠 아예 대놓고 고백하네. 덕환이가 앞으로 많이 힘들어지겠다.

덕환이가 무대 위에 선 효진이를 흘깃 쳐다봤다. 효진이는 속내를 알 수 없는 표정을 짓고 있었다.

"네가 우리 효진이 딥페이크 영상 만든 놈이지? 잘 만났다."

"만났으면 뭐? 한 대 치게? 너 내가 누군 줄 알아?"

"몰라, 허접한 너 따위."

우리 학교로 날아드는 새마저도 진종기가 2대째 국회 의원을 하는 집안의 장손이라는 걸 알고 있으나 도령이는 그 사실을 몰랐다. 그러니 무서운 게 없다.

종기는 자존심이 상한 듯 덤비라는 신호를 보냈다. 서로 무시무시한 속도로 잽을 주고받다가 종기가 공격해 오자 도령이는 합기도 기술로 넘겨 버렸다. 종기가 쓰러지며 바닥을 울리는 소리가 체육관에 가득 찼다. 와아 하는 함성이 다시 울려왔다.

종기가 비틀거리며 일어나자 도령이가 손을 까닥이고는 포효했다. 아무래도 시합이라고 착각하고 있는 듯하다. 보다 못한 내가 말리려는데 "잠깐만." 하고 효진이가 무대에서 내려왔다. 뚜벅뚜벅 걸어온 효진이가 진종기 앞에 멈춰 섰다.

"내 딥페이크 영상 만든 거 봤어. 네가 만든 거 다 아니까 속일 생각 말고 솔직하게 말해 줘. 지금 내 영상이 인터넷에 떠돌고 있는 거야? 왜 내 얼굴로 그런 영상을 만들었는데? 너한테 무슨 권리가 있다고?"

창고에서 가짜 영상을 본 뒤 애써 누르고 있던 효진이의 평정심이 터져 버린 것처럼 보였다. 동의도 없이 얼굴을 무단으로 사용했다. 그 영상들이 어떤 목적으로 어디에 쓰이고 있는지 모르니 불안할 것이다. 무슨 생각을 짜냈는지 모르겠지만 진종기는 표정이 다시 거만해졌다.

"그러게 왜 사진을 아무나 볼 수 있게 막 올려. 다 보라고 SNS에 올린 건데 좀 쓰면 안 돼?"

"넌 진짜 구제 불능이구나. 맞아야 정신 차리겠다."

효진이가 어릴 적 배운 태권도 실력을 유감없이 발휘하며 진종기에게 발차기를 선보였다. 진종기가 빙글 돌며 다시 쓰러졌다. 멋진 발차기에 도령이는 휘파람까지 불었다. 이렇게 다시 해피 엔딩이었다면 얼마나 좋을까.

진종기는 예상보다 더 최악이었다. 체육관에서 자신에게 야유를 보낸 아이들 때문에 제대로 긁힌 자존심을 어쩌지 못하고 발광하기 시작했다. 손에 잡히는 것들을 죄다 아이들에게 집어 던졌다. 이제 될 대로 되라는 식인가. 어차피 이 학교를 계속해서 다니긴 글렀다고 생각한지도 모른다.

아이들 발치에 진종기가 던진 축제 물품들이 떨어졌다. 그 가운데는 경품 추첨을 위해 준비해 둔 사각 플라스틱 케이스도 있었다. 진종기가 케이스를 집어 들고 효진이에게 휘둘렀다. 효진이가 위협적인 기운에 뒤를 돌아본 그때, 도령이가 합기도 기술로 진종기를 막아 보려던 그때, 덕환이가 한 발 빠르게 효진이를 감싸며 대신 머리를 얻어맞았다. 깨진 플라스틱 케이스 파편이 사방으로 튀었다. 덕환이가 눈을 감싸며 주저앉았다. 눈에서는 피가 흐르고 있었다.

다른 이벤트장 안전 지도를 하다가 아이들의 신고로 뒤늦게 도착한 선생님들이 진종기를 제압했다. 덕환이를 살핀 선생님이 급히 구급차를 불렀다. 구급차가 올 때까지 피는 멈추지 않고 흘렀다.

에필로그

"난 아직 안 보여. 말하면 보이려나. 냄새도 잘 모르겠어. 효진이 너는 지금도 냄새가 나?"

긴 머리를 어깨 뒤로 넘긴 지안이가 포기를 선언하며 내 옆에 앉았다. 효진이는 그동안 갈고닦은 기술을 선보인다며 내내 신나 있던 터다. 코를 벌름거리며 사방을 킁킁대지 않아도 이제는 어떤 냄새가 어디서 나는지 알 수 있게 된 것이다. 비록 슬프게도 비스킷 DM 의뢰 미팅에서는 도움이 될 때보다 되지 않을 때가 더 많긴 하지만.

효진이가 심호흡한 뒤 눈을 감았다. 사방에 펼쳐진 냄새를 좇더니 무술 동작을 하듯 양팔을 엇갈려 에스 자를 그렸다. 마지막으로 손바닥을 맞대며 에너지 파동을 쏘는 시늉을 했다.

"여기다. 여기서 장작 타는 냄새가 난다."

비스킷을 냄새로 찾아낼 때마다 매번 다양하게 호들갑 떠는 효진이를 근원이가 신기한 듯 올려다봤다. 근원이는 요즘 효진이의 후각 특훈 파트너. 비스킷 단계를 수시로 넘나드는 근원이는 어떨 땐 원래 모습이었다가 다시 비스킷 2단계가 되곤 했다. 상황에 따라 하루에도 수십 번씩 마음이 변하기 때문이다. 조금 전까지 행복했다가도 누군가의 무례한 한마디, 경멸하는 표정, 나를 잘 모르면서 아는 척 수군대는 말들에 상처받는다. 그렇게 자존감이 깎이다 못해 아예 사라져 버리면 어딘가로 숨고 싶고 세상과 단절되고 싶다는 마음이 들기 마련이다. 마음은 계속 변하는 것이기에 자신을 늘 고르게 지켜 내는 일 자체가 어려운 일일지도 모른다.

"할머니가 그러는데 가끔 비스킷이 될 수도 있다는 걸 인정하면 마음이 편해질 거래요. 강철 멘털이라도 한순간에 마음은 무너질 수 있다고요. 비스킷이 되었더라도 자고 일어나면 마음이 회복되어 다시 본래의 나로 돌아오면 된다고 하셨어요."

어쩌면 근원이는 엄마가 돌아와 근본적인 해결을 보기 전까지 계속 비스킷이 될지도 모른다. 엄마의 손길이 필요한 청소년이니 당연하다. 하지만 근원이에게는 할머니도 있고, 우리들도 있고, 아버지도 있다. 아버지와 겨우 연락이 닿은 근원이는 매주 한 번씩 아버지를 만나고 있다. 함께 살기로 결정할 때까지 아버지는 근원이를 기다려 주기로 했다. 베트남어도 배우고 있으니 조만간 근원이는 미래를 스스로 결정할 것이다.

"누나, 이번엔 엉뚱한 냄새에 먼저 반응했어요."

"모름지기 능력은 발견하고 키우는 거야. 아직 나는 비스킷 찾는 능력이 완벽하게 발현되지 않았지. 훗!"

오락가락하는 자신의 능력을 효진이가 이상한 방식으로 인정했다. 근원이가 절레절레 고개를 흔들며 옆에 둔 초코우유를 쭉 들이켰다.

"고근원이, 그 천진한 태도는 우리가 허물없이 친해졌다는 증표로 받아들이겠다."

마냥 내버려두면 덕환이에게 가는 시간이 더욱 늦어질 것 같아서 이만 훈련을 끝내자는 의미로 마무리 질문을 던졌다.

"특이점은 없고?"

"확실히 이질적인 냄새야. 정확하게 맡고 나니까 깨달았는데 가끔 거리에서 지금 같은 이질적인 냄새를 맡곤 했어. 어쩌면 그게 다 비스킷 냄새 아니었을까?"

주변 상황이 냄새에 영향을 줄 수도 있다. 상황이 만들어 낸 이미지가 비스킷의 냄새에 스며들었으니까. 새벽에 길을 나서듯 선동이의 마음으로 다가갔던 것과 같이. 희원이가 자신이 가장 갈구했던 감정을 가슴에서 끄집어냈던 것과 같이. 비스킷의 냄새라는 건 참 복잡한 구성 요소의 집합체였다. 만만히 볼 게 아니다. 좀 더 복합적으로 비스킷을 이해하려고 노력해야 각자에게 물든 냄새를 정확하게 포착할 수 있을 터였다. 하지만 이런 복잡한 말을 효진이에게 하지는 않았다. 어차피 말로는 이해하지 못할 테니까.

"뭐, 좋아. 이제 정리하자."

"잘은 모르겠지만 벌써 미래를 경험하고 온 기분인데. 내 말을 무시하는 잘난 척쟁이 대신 에이스인 내가 비스킷 구출 팀을 이끄는 미래."

"어차피 DM 의뢰 받으면서 독립하려던 거 아니었어?"

학교에서 일어난 지난 사건을 계기로 나와 덕환이를 향한 관심까지 싹 끌어모아 효진이의 팔로워 수가 폭발적으로 증가했다. 비례하듯이 소외된 자신을 도와달라는 비스킷들의 DM이 늘어난 건 당연한 결과고. 그래서 우리는 합의를 봤다. 비스킷을 돕겠다는 열망은 수그러들지 않을 테니 우리 주변을 넘어 더 넓은 세상에서 비스킷을 돕자고. 비스킷은 자신의 존재감과 정체성이 타인과의 유대를 통해 결정되는 지금의 현실이 만든 피해자 같다. 타인이 나를 인지해 주지 않으면 내 존재감은 필연적으로 희미해진다. 내가 잘못하지 않았어도 세상에 속하지 못해 고립될 수도 있다. 그러니 우리 팀이 나설 수밖에. 효진이는 신나 하며 매일 DM을 훑어보면서 의뢰자를 확인하고 있다.

"어서 출발하자. 그나저나 덕환이는 수술 잘됐대?"

그날 종기가 깨 버린 플라스틱 케이스 파편에 눈을 다친 덕환이는 보건 선생님과 함께 병원으로 갔다. 피를 많이 흘렸는데도 들것에 실려 가면서 자기는 괜찮다고 우리를 안심시켰다. 걱정하지 말라는 의미지 절대 정말 괜찮다는 뜻은 아니었다. 그래도 괜찮다는 말에 속아 줘야 한다. 그게 덕환이의 마음을 편하게 할 테니까.

우리는 따라갈 수 없었다. 학교에 남아 진술서를 써야 했기 때문이다. 덕환이 상태가 걱정됐지만 이미 덕환이 부모님도 병원으로 가셨다고 했다. 그나마 다행인 건 체육관에 있던 아이들까지 진술서를 작성하느라 어수선한 사이, 도령이와 지안이가 선생님 눈을 피해 학교 밖으로 나갈 수 있었다는 점이다. 물론 창성이 형은 남아서 진술하겠다고 우기다가 쫓겨나고 말았지만. 졸업생이라서 그 정도로 봐준 듯했다.

체육관 사건은 부모님들에게 전해졌다. 그날 저녁 통화에서 효진이는 아저씨에게 다시 귀를 붙잡혔다며 흥분했다. 귀를 붙잡힌 상태에서 "귀 붙잡는 건 1년에 한 번만."이라고 했다가 고등학교 내내 알바 금지권을 획득했단다. 비스킷 DM 의뢰를 다시 받을 계획을 이 때 이미 세워 둔 터라 큰 타격이 없다는 게 아저씨에게는 괴로움일 테지만. 타격감 없는 사람이 한 사람 더 있었는데, 창성이 형은 귀를 붙잡힌 효진이 옆에서 당장 카페 매니저 자리에서 잘렸으나 오히려 기뻐했다. 유튜버로서 활약하겠다는 포부를 밝히며 효진이 고모의 투자를 헛수고로 만들었다고 한다. 아무래도 효진이 집안은 조상 중에 SNS에 집착한 원귀가 있는 게 확실하다.

나는 집에서 조신하게 처분을 기다렸다. 아버지가 본모습으로 돌아가 미국 동부 어딘가로 유학 가라고 노발대발할 줄 알았는데 전혀 그렇지 않았다. 오히려 다친 곳 없냐고 걱정을 해 줬다. 이 정도면 진지하게 아버지를 걱정해야 하는 거 아닐까? 그래서 아버지가 옷을 갈아입으러 안방에 들어가신 틈에 엄마에게 슬쩍 물어봤다.

"아버지 어디 아프세요? 왜 저한테 계속 잘해 줘요?"

엄마가 멀뚱하니 날 쳐다보다가 지안이와 사귄다는 사실을 알게 된 이후 처음으로 박장대소하며 웃었다. 아버지도 상담받으러 병원에 다닌다는 비밀을 전하면서.

"새로 옮긴 병원이 어떤지 보러 간 날, 원장님이 아빠한테도 상담을 권유했어. 네 발병 원인이 가족에게 있다면 함께 치료해야만 다시 재발하지 않을 거라고. 아빠도 널 많이 걱정해서. 그래서 너랑 같이 노력하기로 한 거야."

마음이 찡하며 눈이 시큰해졌다. 아버지가 그런 노력을 몰래 하고 있었다니. 진짜 몰랐다. 어쩌면 내가 이번 학기에 무수한 괴롭힘을 당했음에도 비스킷이 되지 않을 수 있었던 건 우리 가족의 은근한 지지 덕분이었는지도 모르겠다. 비스킷을 구하는 일에 복수만이 아닌 먼저 다가갈 용기와 끊임없는 관심이 필요하듯이, 내게도 충분히 그런 배려와 사랑이 스민 것이다. 이제 아버지와 나 사이의 서먹함을 던져 버릴 수 있을까? 그건 뭐, 차차 지내 봐야 알겠지만 어차피 시간은 많다. 아버지의 하찮은 아들이 아니라 눈부신 아들이 될 시간이. 그러니 조급해하지 않을 작정이다.

다음 날 늦게 등교한 선동이 옆에는 부모님이 함께 계셨다. 선동이 부모님은 며칠 전 봤을 때보다 얼굴이 해쓱해졌다. 선동이가 세상에서 잠시나마 사라졌던 걸 알고 많이 우셨다고 한다.

"우리 선동이를 구해 줘서 고맙다."

선동이 부모님은 내 손을 번갈아 잡으며 고맙다고 했다. 영 꽝은 아닌 모양이다. 아직 불쑥불쑥 치밀어 오르는 복수심에 나도 모르게 뒤끝을 실어 손을 꽉 마주 잡았다는 건 비밀이다.

"자신을 지키는 마음을 놓아 버리려던 그때에도 부모님이 잘못될까 봐 걱정했기 때문에 선동이는 완전히 사라지지 않았을 거예요.

그걸 잊지 말아 주세요."

홀쩍거리는 소리에 돌아보니 담임이 손수건으로 눈가를 찍어 누르고 있었다. "미안, 미안. 주책맞게 내가 울어 버렸네. 하던 거 계속해."라고 했지만 이미 멋쩍은 분위기가 되었다. 그래서 선동이와의 인사는 짧게 끝냈다.

"있지, 선동아. 빈 마음을 단숨에 채우기는 어려울 거야. 그래도 매일 조금씩 마음을 채우면서 천천히 세상에 모습을 드러낼 수 있도록 같이 노력해 보자."

"나 이제 잘 보이는 거 맞지? 몸은 만져지는데."

해맑은 모습을 보니 어쩌면 금세 온전히 제 모습이 될지도 모르겠다. 겉으로 보기에는 어리숙하지만 뚝심 있는 모습이 선동이에게는 잘 어울린다.

"아주 잘 보여."

선동이처럼 나도 환히 웃었다.

덕환이의 병실을 찾았다. 덕환이는 며칠 전 맹장 수술을 했다. 창밖을 바라보던 덕환이가 고개를 돌린 순간, 잠시 덕환이가 희미하게 깜박인 것 같다. 착각인가. 덕환이가 비스킷이 될 리 없잖아. 내 착각이겠지.

"짜잔, 우리 왔다."

2인 병실을 같이 쓰는 다른 환자는 문병 온 친구랑 나갔단다. 우리는 덕환이에게 안부를 전한 뒤 커튼을 치고 둘러앉았다.

"병원 밥 맛없지? 이거 먹자."

밀폐 용기를 열자 떡볶이 냄새가 진동했다. 떡볶이는 지안이가 만들었다. 지안이는 최근에 호텔조리학과로 진로를 정했다면서 요리 학원에 다니기 시작했다.

"드디어 장래 명인의 요리를 맛보는 건가."

신나서 한 입 먹자 매콤한 맛을 압도하는 단맛이 올라왔다. 때마침 전화가 와서 지안이가 먹고 있으라며 병실을 나갔다.

"내 입맛에만 안 맞나. 무척 단데."

"난 맛있어. 이게 바로 진정한 떡볶이 맛이지."

"제성 군, 이게 맛있다고? 맛을 전혀 구분할 줄 모르는구먼."

"취향의 차이야. 지안이 앞에서는 맛있는 척해라."

지안이가 손수 만든 요리를 맛없다고 할 수는 없다. 하지만 효진이는 이미 포크를 내려놨다.

"너도 참 애쓰면서 산다."

이번에는 덕환이가 날 한 방 먹였다. 사실 나도 사귀면서 이런 난관이 있을 줄은 몰랐다. 하지만 사랑의 힘으로 극복해 나갈 거라고 다짐했으니 상관없다.

마침 지안이가 들어와 대화 주제가 자연스레 바뀌었다.

"진종기는 결국 유학 간대?"

"이미 정학 먹은 시점에 유학으로 선회했다더라. 경찰 조사 때처럼 자퇴도 변호사가 처리했어."

효진이를 비롯한 여러 아이들을 대상으로 한 딥페이크 영상은 호기심 때문이라는 평계로 결코 면제받을 수 없는 무거운 범죄였다. 다행히 단톡방에만 올라갔던 영상을 학교에서 신속하게 삭제했고, 피해자들의 심리 상담도 지원하기로 했다. 유튜브 계정은 삭제됐다. 그러나 경찰 조사를 피할 수는 없었다. 진종기가 일으킨 사건이 매스컴을 타며 국회 의원인 진종기의 아버지까지 나서서 사죄하기에 이르렀다. 덕환이네가 아량을 베풀어 종기의 미래를 위해 합의해 줬으니 유학을 도피처로 삼지 말고 인격을 갈고닦는 수행으로 여기길 바랄 뿐이다.

"아오, 진짜 성질대로 하고 싶었는데, 덕 도령이 다쳐서 참았다."

"이미 성질대로 했어. 스터디 카페에서 술 달라고 하는 학생들 내쫓으면서 뺑뺑 차듯이 시원하게 발차기 날리더구먼."

덕환이가 웃다가 배가 아픈지 침대맡에 기대었다.

"그동안 비스킷을 잘 보지 못해서 마음이 좀 안 좋았어. 나만 도움이 안 되는 것 같았거든. 근데 이번 일을 겪고 깨달은 게 있어. 마음은 혼자 사는 집 같은 거 아닐까. 내가 치우지 않으면 쓰레기는 계속 쌓이잖아. 질투나 이기심 같은 것들이."

덕환이가 그런 고민을 하고 있을 줄은 몰랐다. 간간이 숨소리에서 감지되던 자기 비하는 덕환이의 고민에서 비롯되었나 보다. 종기가 플라스틱 케이스를 휘두를 때 효진이를 감싸며 대신 맞은 덕환이는 각막을 다쳐 시력 손상이 왔다. 다행히 수술을 받고 서서히 시력을 회복하고 있다.

"에이, 이제 우리 중에 네가 시력이 제일 좋을걸. 우리 팀 에이스 될지도."

"그래서 기대 중이야. 계속해서 눈으로 비스킷을 찾을 수 있을지. 안 그러면 창성이 형이 엄청 고소해할 것 같거든. 요즘 가뜩이나 어깨에 힘이 들어갔는데."

그날 창성이 형은 또다시 비스킷을 포착하는 데 성공했다. 꼴통이 박살 낸 줄 알았던 카메라가 고가의 장비답게 겉만 부서지며 렌즈는 멀쩡했기 때문이다. 물론 창성이 형은 기계치답게 그 사실을 몰랐다. 박살 난 줄로만 알고 책상에 아무렇게나 올려 두었는데, 공교롭게도 선동이가 3단계가 되는 순간을 모조리 담아낼 수 있었다. 정말 운이 좋다.

선동이가 비스킷에서 벗어나는 순간은 체육관에서 창성이 형이 혼자 동분서주하며 촬영했다. 특히 영상 조작이라고 주장할 수 없을 만큼 체육관에 있던 아이들이 전부 보게 되면서, 창성이 형이 올렸던 이전 영상 또한 조작이 아니라는 쪽으로 여론이 바뀌었다. 세상은 다시 비스킷에 관해 진지한 논의를 이어 가고 있다. 존재는 인정했으니 어떻게 도울지에 대해서. 창성이 형이 의기양양해할 만하다.

한 가지 더, 크게 달라진 점이 있다. 경찰 조사가 진행되는 동안 반 아이들이 선동이에게 같이 밥을 먹자고 하거나 응원이 담긴 쪽지를 익명으로 자리에 놓아두기 시작한 것이다. 아이들도 선동이가 일부러 딥페이크 영상을 제작한 게 아니라는 걸 받아들였고, 그동안 무관심했거나 소극적이나마 괴롭힘에 동참하던 자신에 대해 각자 반성한 모양이다. 그런 소소한 친절이 세상에는 그리고 우리에게는 반드시 필요하다.

지안이와 나는 먼저 병원에서 나왔다. 덕환이와 효진이에게 둘만의 시간을 주자는 생각이었는데, 막상 나오니 우리만의 시간 또한 필요했던 것 같다. 우리는 유선 이어폰을 한 쪽씩 귀에 꽂은 채 손을 잡고 산책했다. 걷는 것만으로도 기분이 좋아졌다. 이어폰에서 들려오던 클래식 악장이 끝나자 지안이가 그동안 궁금했다면서 클래식을 듣는 이유가 있냐고 물었다.

클래식은 내가 소리에 민감해져서 괴로워할 때 엄마가 들려주던 음악이다. 어릴 적 엄마에게 기댄 채 다양한 악기들이 자아내는 선율을 듣고 있으면 세상이 무섭지 않고 평화롭게만 느껴졌다. 나에게 있어서 클래식은 엄마의 다른 이름라고 볼 수 있다. 그런 사연을 말해 주었더니 지안이가 새삼스레 내 얼굴을 뚫어져라 쳐다봤다.

"네가 엄마한테 사랑한다고 말하는 방식이구나. 기특하네."

지안이가 내 머리를 흐트러뜨렸다. 어? 다시 심장 소리가 들린다. 그런데 이번에는 지안이 심장 소리가 아니다. 확실히 내 심장 소리다. 나는 지안이의 손목을 붙잡고 가만히 내렸다. 벅찬 나의 마음을 지안이에게 전해도 될까. 지안이의 눈을 바라보며 이 아이도 나와 같은 걸 바라고 있을지 해석해 보려 했다. 그리고 나의 해석을 믿고 지안이에게 입을 맞췄다.

상상 속에서는 감정을 떠올리기보다 언제 어떤 행동을 해야 할지만 고민했다. 실제는 상상과 완전히 달랐다. 뭐랄까, 준비한 게 다 소용없었다. 물론 소용없어도 좋았다. 뽀뽀는 간질간질, 몽글몽글, 콩닥콩닥 중에 하나만 느끼는 거라고 글에서 읽었는데 전혀 아니다. 이것도 종합 선물 세트처럼 모든 감정을 지니고 있었다. 지안이도 똑같은 감정을 느끼고 있다는 걸 반짝이는 눈동자를 마주 보며 깨달왔다.

나는 너무 뛰어서 터질 것 같은 가슴을 가만히 손으로 눌렀다. 이 리듬이 영원히 기억될 것 같다.

그때, 하얗고 작은 눈이 내 마음처럼 춤을 추며 지상으로 살며시 내려섰다.

"와, 첫눈이다."

지안이가 손을 내밀어 눈을 받았다.

눈이 내리면 소리가 흡수돼 사라진다. 이런 날씨조차 비스킷을 구하러 가기 좋은 날이다. 뽀득뽀득 눈을 밟으며 비스킷에게 다가갈 수 있으니까. 함께하겠다는 소복한 마음을 비스킷도 알아줄 테니까.

독자들에게 '비스킷으로 보이는 아이들이 주변에 있는데 어떻게 도와주면 좋을지 방법을 모르겠다'는 질문을 받았다. 『비스킷2』는 그 질문에서 출발했다. 소외된 사람을 돕겠다는 친절하고 따뜻한 마음에 답을 주고 싶었다.

우리가 누군가를 도우려고 할 때 고려해야 할 사항이 몇 가지 있다.

그 사람이 처한 객관적인 상황을 확인하는 게 우선이고, 정말 도움을 원하는지도 알아봐야 한다. 또한 일방적인 친절이 부담을 주지 않는지, 관심의 방향이 올바른지도 고려해야 오해가 생기지 않는다. 돕겠다는 마음은 기특하고 바람직하지만 실제로 돕기 위해서는 상황, 마음, 방식을 세심하게 판단하는 분석이 필요하다.

또한 따돌림이나 괴롭힘을 당하고 있는 경우에는 혼자 돕겠다고 나서는 일이 자칫 자신에게도 상처를 불러올 수 있다. 정의를 위해 용감하게 한 행동이 자신마저 따돌려지는 최악의 상황으로 이어질 수도 있기 때문이다. 그래서 이와 같을 때는 이 작품에서처럼 연대를 이뤄 악의에 맞설 필요가 있다. 제성이가 친구들과 힘을 합쳐 비스킷을 도왔듯이, 할머니가 이웃의 비스킷을 품어 주었듯이, 학우들이 사라진 비스킷을 찾기 위해 힘을 모았던 것처럼 분명 주변에는 같은 마음을 가진 사람들이 있을 것이다. 그들과 함께 도움의 손길을 내주는 게 하나의 방법이 된다.

『비스킷』을 읽으며 자존감을 회복한 독자들이 『비스킷2』를 통해 다른 사람과 연대하는 방식을 배웠으면 좋겠다. 당장 누군가를 도우려 나서지 못하더라도 마음을 열어 상대를 받아들이는 온기 넘치는 사람으로 서서히 성장하다 보면 분명 타인을 돕는 자신만의 방법이 생길 거라고 믿는다.

『비스킷2』는 지난해 10월에 효진이를 주인공으로 썼던 원고를 갈아엎고 새로 쓰며 난항을 겪었다. 개인적으로는 왜 대부분의 시리즈물에서 주인공을 바꾸지 않고 후속작을 내는지 뼈저리게 깨닫는 계기가 되었다. 강의에서 주인공 변경과 출간 일정에 대해 들었던 학생들이 그날 나눴던 이야기와 다르게 전개된 부분을 너그럽게 양해해 주기를 조심스레 바란다.

위즈덤하우스의 아낌없는 지원에 감사드린다. 언제나 차분한 태도로 이 작품의 지향점을 봐 주신 김선현 편집자님께도 고개 숙여 인사를 드린다. 건네지 못한 말들이 있는데, 마음으로 그 말들을 대신하고자 한다. 부모님과 동생의 지지에 보답이 되도록 더 노력하고 겸손해지겠다. 특히나 『비스킷』을 읽고 작가의 꿈을 꾸게 되었다는 독자, 자존감을 회복했다는 독자, 자신의 '최애 작품'이라며 좋아해 준 독자, 너무 재미있었다고 말해 준 독자들에게 이 기회를 빌려 감사 인사를 전한다. 그들의 행복한 얼굴과 따뜻한 응원 덕분에 나 역시 힘을 얻었다.

2025년 여름, **김선미**

텍×≡T 015

비스킷2

초판 1쇄 인쇄 2025년 5월 27일
초판 1쇄 발행 2025년 6월 4일

글 김선미
펴낸이 최순영

어린이 문학2 팀장 김선현
키즈 디자인 팀장 이수현

펴낸곳 ㈜위즈덤하우스 **출판등록** 2000년 5월 23일 제13-1071호
주소 서울특별시 마포구 양화로 19 합정오피스빌딩 17층
전화 02)2179-5600 **내용문의** 02)2179-5781
홈페이지 www.wisdomhouse.co.kr **전자우편** kids@wisdomhouse.co.kr

ⓒ 김선미, 2025

ISBN 979-11-7171-436-0 43810